Cascade POLICIER

COLLECTION

Cascade

FRANÇOIS CHARLES

L'ASSASSIN EST UN FANTÔME

RAGEOT-ÉDITEUR

À Fabrice Charles
Pour l'année de ses 14 ans

Couverture : Nicollet
ISBN 2-7002-0028-4
ISSN 1142-8252

AVANT-PROPOS

14 août 1347...

Les cadavres jonchaient les rues du gros bourg de Saint-Ancel. La peste était venue d'Italie ; en moins d'un mois, elle avait franchi les Alpes par la Maurienne, gagné Lyon puis les contreforts du Massif central ; la ville de Guéret avait été atteinte, et bientôt, toutes les campagnes environnantes. Les gens en étaient abasourdis : jamais, de mémoire d'homme, une épidémie pareille n'avait franchi les limites du Puy de Gaudy pour venir jusqu'à eux. Dieu avait-il abandonné les Saint-Ancellois ? Les moines de l'abbaye toute proche de Saint-Pardoux avaient-ils relâché leurs prières et négligé de faire pénitence ?

À chaque carrefour, on allumait des feux pour purifier l'air. On y jetait des brassées d'armoises et de génestrolles dont la fumée, disait-on, avait le pouvoir de préserver des pustules de la « maladie noire ». On trempait dans le vinaigre tous les objets qui devaient passer de main en main, et d'abord les pièces de monnaie. Le peu de gens qui circulaient dans les rues portaient des masques qui ressemblaient à des têtes d'oiseau avec, dans le bec, du soufre ou des parfums alcoolisés destinés à désinfecter l'air. On voyait des cadavres descendus par les fenêtres grâce à des crochets fixés au bout de cordes ou de longs manches en bois : leurs proches faisaient tout pour n'avoir pas à les toucher. Ils étaient jetés dans des tombereaux qui se dirigeaient vers le cimetière. Mais là, on ne trouvait personne qui acceptât de les enterrer ; alors, ils attendaient au portail, empuantissant l'air.

Chaque jour, une procession passait de l'église au calvaire, puis revenait à l'église, tandis que les cloches sonnaient le tocsin. Des pénitents presque nus se flagellaient derrière le saint sacrement que portait le curé ; d'autres marchaient pieds nus et en cagoule ; d'autres faisaient tout le chemin sur les genoux... Les femmes suivaient, pleurant et gémissant. Rien n'y faisait : chaque jour amenait ses nouvelles charretées de morts...

Cet après-midi-là, une foule s'avance, menaçante. Elle se dirige vers la maison du sieur de Fonjac. Et plus elle avance, plus les cris montent :

– Monsieur de Fonjac, montrez-vous !

Il ne cherche pas à se cacher. Il se tient sur le seuil de sa maison, entouré de ses deux fils, de grands gaillards qui n'ont pas encore atteint leurs vingt printemps.

– Que me voulez-vous ? demande-t-il à la foule. Vous ai-je fait tort en quoi que ce soit ?

– De Fonjac, tu es un impie, tu ne vénères pas Dieu, tu ne fais pas tes Pâques, tu pratiques la sorcellerie...

– Je vis selon ma conscience, répond-il ; je pratique l'alchimie, et non la sorcellerie. Et n'ai-je pas mis la science que je possède à votre service ? Ne suis-je pas allé au-devant de tous les malades ?

Mais la foule crie de plus belle :

– Tu es allé au-devant des malades parce que tu es protégé par le diable !

Trois hommes se détachent alors du cortège et continuent :

– C'est pourquoi ni toi ni tes fils n'êtes atteints par le mal, tandis que nos fils à nous sont morts aujourd'hui. C'est à toi et à ton impiété que nous devons la peste. Tant que tu vivras, nous ne serons pas épargnés.

Et voici qu'un hurlement s'élève dans la foule. On se précipite sur l'homme et ses deux fils, des haches à la main. Quelques minutes plus tard, ils gisent tous trois sur le sol, dans une mare de sang, complètement défigurés. Le plus jeune fils est traîné jusqu'à la rivière. Un silence lourd tombe sur les gens qui entourent les deux derniers cadavres. On n'entend plus que le crépitement du feu le plus proche. C'est alors que, sous les yeux terrifiés des habitants de Saint-Ancel, le sieur de Fonjac, le père, se relève du séjour des morts et, le visage encore ruisselant de sang, parle.

1

L'inspecteur Mignard jeta un dernier regard sur sa liste type qu'en homme méthodique et veuf, il consultait avant chaque départ en vacances.

– Chemises, OK, maillots de corps, OK, chaussettes, huit paires... doit bien y en avoir la moitié de trouées... ça ne fait rien, j'en rachèterai sur place si besoin...

Il s'apprêtait à boucler définitivement sa valise lorsque la sonnerie du téléphone retentit.

– Allô ?

– Allô, c'est vous Mignard ?

Il reconnut la voix du commissaire Vrin et... sentit venir la catastrophe.

– Oui patron, c'est bien moi.

– Dites-moi, Mignard, si je ne me trompe pas, vous partez bien dans la Creuse, du côté de Guéret ?

– Exact, patron. Mais je me permets de vous rappeler que j'y pars en vacances.

– Je sais, Mignard, je sais... Le village de Saint-Ancel, ça vous dit quelque chose ? C'est bien là que vous avez votre château ?

– Mon château ! Ma bicoque, vous voulez dire... Oui, c'est à Chenailles, à quatre ou cinq kilomètres de Saint-Ancel...

– C'est ce qui me semblait. Ça tombe bien, on a une petite affaire dans le coin.

– Mais commissaire, je vous répète que...

– Vous partez en vacances, je sais, Mignard. Mais c'est une bricole, et je n'ai personne à envoyer là-bas pour le moment... de plus, vous connaissez bien la région...

– Je connais les rivières du coin, c'est tout ! J'ai acheté cette maison il y a trois ans seulement et je n'y vais que pour pêcher. Connais personne. Connais rien. Que les poissons.

– Vous pouvez emporter vos cannes à pêche, Mignard ; c'est une affaire de rien du tout.

– Et c'est quoi, pour vous, une affaire de rien du tout ?

– Un clochard retrouvé mort.

– Parce que dans la Creuse, on fait appel à la P. J. de Paris chaque fois qu'un clochard trépasse ?

– La mort pourrait n'être pas complètement naturelle, paraît-il...

– « Pas complètement naturelle » ! Un peu, mais pas complètement ! Et la gendarmerie du coin ne peut pas régler l'affaire elle-même ?

– C'est exactement ce que je leur ai dit, mon cher Mignard. Mais, pour je ne sais quelle raison, le maire prend cette mort au sérieux et il a insisté auprès du procureur de la République pour qu'on nous confie l'affaire. Et, comme par hasard, le procureur de la République est un ami à lui ! Vous savez ce que c'est, dans ces petits villages, dès qu'on prononce le mot « crime », tout le monde s'affole.

– Une bagarre entre clodos, vous parlez d'un crime !

– D'accord avec vous, mon très cher Mignard, juste une affaire de routine. C'est ce que je vous dis. Une petite enquête, un petit rapport, et vous êtes en vacances.

– Et je suppose que je ne peux pas refuser ?

– Allons, allons, je sais bien que je peux compter sur votre dévouement.

... Soupir de l'inspecteur.

– Vous vous mettez en rapport avec la gendarmerie dès votre arrivée. N'est-ce pas, mon bon Mignard ?

– C'est ça... dès mon arrivée. (Re-soupir de l'inspecteur.)

– Voilà, voilà... au fait...

– Quoi encore, patron ?

– Bonnes vacances quand même, mon cher Mignard.

« Mon cher Mignard, mon cher Mignard, je vous en foutrais, des "cher Mignard" ! »

L'inspecteur n'eut pas le temps de pester longtemps : le téléphone sonnait de nouveau. Encore le commissaire ?

– Allô ! hurla-t-il hargneusement.

– Allô ? Eusèbe ? C'est ta sœur. Qu'est-ce qui t'arrive ?

– Rien, pardon, je croyais que c'était mon patron. Tu vas bien ?

– Bien, et toi ? Tu pars bientôt en vacances, je crois ?

– Je partais bientôt en vacances.

– Tu ne pars plus ?

– Si. Mais je ne suis pas sûr que ce soit en vacances !

– Ah... c'est que je voulais te demander un petit service... mais dans ce cas...

– Dis toujours.

– Voilà, si tu vas à Chenailles, je me demandais si tu ne pouvais pas emmener avec toi ton filleul, Nestor...

– Nestor ? Et le collège ?

– Les vacances de Pâques commencent dans une semaine. Je dois me rendre demain auprès de ma belle-mère qui vient d'être opérée. Et j'avoue que j'appréhende de le voir traîner ici pendant quinze jours.

– Je serais très content qu'il vienne... mais je vais être pris par une enquête.

– Il sera doublement ravi !

– Tu penses ! Il est d'accord, au moins ?

– Évidemment ! Il ne demande que ça, partir avec toi !

– Alors... marche pour Nestor. Au point où j'en suis...

– Merci Eusèbe, tu es vraiment un bon frère... et un bon parrain.

– Et un bon pigeon ! Allez, envoie-le vite. Je pars en début d'après-midi.

L'inspecteur bougonna encore un peu au téléphone, pour le principe, mais au fond de lui, il n'était pas si mécontent que ça. Sa maison de Chenailles, elle est un peu vide quand il y est seul. Et Nestor, il l'aime bien. Il a quatorze ans, un an d'avance et il galope en tête de sa classe sans se fatiguer. Comme beaucoup de ces adolescents qui ne savent pas quoi faire de leur intelligence, il se rend facilement insupportable à la maison. Mais dans ses bons moments, et pour peu qu'on sache le prendre, il peut être le plus charmant des garçons...

Deux heures plus tard, Nestor débarquait dans l'appartement de son parrain. « Débarquer » est le mot juste : outre la canne à pêche et la raquette de tennis ficelées à un skateboard qu'il portait en équilibre instable sur l'épaule, il traînait de la main gauche une valise de taille respectable tandis qu'à sa main droite pendait un monstrueux casier en bois comportant quatre compartiments fermés chacun par un couvercle cadenassé. Celui qui aurait pu se glisser à l'intérieur aurait découvert, rangés selon un ordre dont lui seul devait avoir le secret : boussoles, microscopes, longue-vue, outils divers, briquets à essence, à gaz et à amadou, règles et compas, calculette, sans parler d'un petit outillage d'horloger dont il était hors de question qu'il se sépare dans ses déplacements.

– Tu voyages toujours aussi léger ! soupira son parrain, habitué à ce genre de déménagement.

– Te plains pas, répliqua Nestor, je n'ai apporté ni mes tortues, ni mes souris blanches.

– Une chance ! Allez, on embarque tout de suite.

– Tu as toujours ta vieille Ford ?

– Toujours. Increvable.

C'était un break de type canadien qui pouvait avaler sans peine tout le bazar de Nestor. Cet après-midi d'avril était doux. Il y avait peu de monde sur la route et ils roulaient bon train. À la tombée de la nuit, ils franchissaient le portail rouillé de la « Propriété Mignard ». C'était un bâtiment en pierre, d'aspect massif, qui tenait à la fois du châtelet (son côté droit était flanqué d'une tour carrée), de la ferme fortifiée et de la ruine (une bonne partie de ce qui avait été des remises, des étables ou des écuries ne tenait plus debout). Nestor adorait cette maison dont il n'avait jamais fini d'explorer les coins et recoins et dans laquelle il trouvait de la cave au grenier mille vieilleries pour alimenter ses entreprises de bricolage.

– Nous y voilà.

– Je prends la même chambre que la dernière fois ?

– Si tu veux. Voilà la clé de la porte d'entrée. Va ouvrir.

Nestor courut vers la maison, respirant goulûment l'air du soir imprégné de l'odeur du grand tilleul qui étirait ses branches sous le ciel rougeoyant...

2

Dès sept heures, le lendemain matin, l'inspecteur Mignard poussait la porte de la gendarmerie de Saint-Ancel. Il n'y trouva qu'un brigadier occupé à se faire un café. Il se présenta.

– Inspecteur Mignard.

– Moi, c'est Blachon. On vous attendait, mais pas si tôt. Vous prendrez bien un petit café avec moi, monsieur l'inspecteur ?

– Va pour le café.

– Vous savez, à Saint-Ancel, on n'est pas des pressés. L'adjudant ne sera pas là avant neuf heures.

– On attendra. Vous êtes au courant de cette affaire de clochard ?

– Ouais... un vagabond qui s'était fixé dans le pays depuis quelques années... pas méchant... il occupait une cabane tout au bout du village, au bord du ruisseau, pas loin de la décharge municipale. Le père Léonard, on l'appelait.

– Il vivait de quoi ?

– De tout et de rien. Il passait au marché, il ramassait les restes, il mendiait un peu... quelquefois, il récupérait de la ferraille pour en tirer quelques sous.

– Et il en est mort...

– Paraît. On l'a retrouvé derrière chez lui, affalé par terre, le crâne fracassé contre une pierre. D'après les premières constatations, il devait être saoul comme une barrique au moment de défunter.

– Et chaque fois que vous avez un clochard qui se fracasse le crâne, entraîné par sa bedaine pleine de vin, vous appelez la P.J. ! Pourquoi pas Interpol, pendant que vous y êtes ?

– C'est qu'il aurait aussi reçu un coup de hache en pleine figure, et qu'il était pas beau à voir.

– Ah bon, le film d'horreur, maintenant !

– Paraît aussi que les gens du village racontent des histoires…

– Des histoires, quelles histoires ?

– Des histoires du pays… j'sais pas trop, moi, je suis pas d'ici. L'adjudant vous dira ça mieux que moi. C'est un Saint-Ancellois de pure souche, lui…

– C'est loin, cette cabane ?

– Deux petits kilomètres… à l'autre bout du village.

– Je vais y faire un tour. Ça me fera du bien de marcher. Facile à trouver ?

– Pouvez pas vous tromper. Vous suivez la route, vous sortez du village, vous traversez le pont… c'est tout de suite à droite, juste avant le transformateur, au bord de la rivière.

– Merci pour le café !

L'inspecteur eut la surprise de trouver son filleul devant la porte, à cheval sur une vieille bicyclette tirée d'une remise.

– Qu'est-ce que tu fais là ?

– Je t'ai entendu partir. Je ne dormais plus.

– Je vais voir la cabane du clochard.

– Je te suis.

– Si ça t'amuse. Mais c'est la routine, tu sais.

L'inspecteur marchait à grands pas en fredonnant *la Madelon* tandis que Nestor, sur sa bicyclette, zigzaguait sur la route.

La masure n'était pas en bois comme l'inspecteur l'avait imaginé, mais en pisé recouvert de plâtre.

– Voyons le palace ! s'exclama-t-il en poussant la porte qui pivota en grinçant autour de ses gonds rouillés.

L'intérieur révélait le désordre auquel on pouvait s'attendre : table boiteuse, bouteilles vides jonchant le sol, vaisselle dépareillée empilée sur de mauvaises étagères de bois. Un châlit recouvert d'un matelas pouilleux et de couvertures trouées occupait le mur du fond. L'inspecteur fit le tour de l'unique pièce, remuant sans conviction quelques objets çà et là.

– Ça pue la vinasse, murmura-t-il.

Nestor, pendant ce temps, furetait à l'extérieur. Son parrain le rejoignit derrière la masure.

– Voilà la pierre sur laquelle on a dû le retrouver. Il y a des traces de sang, remarqua-t-il.

– Tu as découvert des choses à l'intérieur ? demanda Nestor.

– Rien. Toi, tu as trouvé l'arme du crime, sûrement ?

– J'ai trouvé ça...

Il tendit un morceau de fer qui ressemblait à un loquet de porte cassé.

– Un peu léger comme « objet contondant »...
– Il y a des traces de plâtre au bout.
– Et alors ?
– Et alors, il a dû servir à gratter le mur ici, à côté de la fenêtre. C'est tout frais.

Des rayures blanches se détachant sur le mur sale montraient en effet qu'on avait gratté le plâtre à mi-hauteur.

– Je vois mal l'intérêt de la chose...
– On a peut-être voulu effacer du sang...
– Ouais... pourquoi l'aurait-on fait alors qu'il y en a plein la pierre ? Enfin, donne-moi ton morceau de fer. On pourra toujours le faire analyser.

Flanqué de son filleul, l'inspecteur regagna la gendarmerie où, cette fois, il trouva l'adjudant qui le fit entrer dans son bureau. Nestor s'y faufila ; son parrain voulut le mettre à la porte, mais l'adjudant l'arrêta d'un geste.

– Qu'il reste donc, si ça l'intéresse. Merci d'être venu. Vous devez penser qu'on vous dérange pour peu de chose...
– Comme vous dites, bien que l'assassinat d'un clochard en vaille un autre, si c'est effectivement un assassinat...
– Sûr, mais c'est quand même le genre d'affaire qui n'aurait pas dû inquiéter ni mobiliser beaucoup de monde... si...
– Si ?
– Si on n'avait pas trouvé sur place le signe de Fonjac...
– Et c'est quoi, le signe de Fonjac ?
– Vous venez de la baraque ? Vous avez vu,

tracée avec le sang, cette sorte de croix faite d'un glaive et d'une hache ?

– Rien vu du tout.

– Rien ? Elle se voit pourtant comme le nez au milieu de la figure, sur le mur de derrière.

Nestor ne put s'empêcher d'intervenir :

– À tous les coups, c'est ce qui a été gratté.

– Gratté ? s'étonna l'adjudant.

– Oui, reprit l'inspecteur. Sur le mur dont vous parlez, il semble qu'on ait gratté le plâtre.

– Étrange. Qui a pu faire ça ?

– Si vous commenciez par me dire ce qu'est censé signifier ce graffiti...

– C'est une très vieille histoire, certains disent une légende, je ne sais pas, très vivace dans le pays en tout cas. Mais je n'aime pas trop en parler. Le maire doit arriver d'un instant à l'autre. Il vous expliquera ça mieux que moi.

– Dites donc, on cultive le mystère, chez vous. Déjà votre gendarme qui n'a rien voulu me dire...

– C'est qu'il s'agit de faits bizarres, enfin, bizarres selon les uns, pas selon les autres...

– Vous êtes d'ici, vous-même ?

– Tous mes ancêtres, aussi bien paternels que maternels, sont nés au village...

– Hum hum... je vois.

Le maire arriva bientôt. C'était un homme de petite taille, rondouillard, genre bon vivant. Il parlait avec un accent à la fois chantant et rocailleux.

– Alors, monsieur le maire, attaqua tout de suite l'inspecteur, il paraît que c'est vous qui avez tenu à ce que la P. J. se mêle de la mort de votre clochard ?

– J'y ai tenu, et j'y ai tenu parce que je veux que les choses s'arrêtent là, et si par malheur elles ne s'arrêtaient pas là, que mes administrés ne me reprochent pas de n'avoir pas tout tenté pour qu'elles s'arrêtent là.

– Diable ! Et où avez-vous peur qu'elles aillent, les choses ?

– J'ai très peur que les esprits ne s'échauffent. À Saint-Ancel, les morts naturelles ne sont déjà pas très naturelles, au moins dans la tête des gens. Alors, les morts suspectes !

– Bon, il faudrait quand même que vous vous décidiez à m'expliquer tous ces mystères, et d'abord, cette histoire de signe de je ne sais quoi.

– Le signe de Fonjac... Voyez-vous, c'est une très vieille histoire...

– Comme me l'a déjà dit l'adjudant.

– Ah, il vous l'a déjà dit ?

– Oui, mais ses explications se sont bornées là !

– Bon alors, je continue. Mais nous pourrions nous rendre sur les lieux tout en causant...

– J'en viens, mais je suis prêt à y retourner.

3

L'inspecteur Mignard et M. le maire se retrouvèrent côte à côte sur la route. Nestor avait laissé sa bicyclette pour marcher avec eux, curieux d'entendre le récit du maire.

– Tout commence pendant la peste de 1347.

– Dites donc, ça ne date pas d'hier !

– Pas d'hier, ni d'avant-hier. Un certain M. de Fonjac vivait dans le village et pratiquait la médecine, l'alchimie ainsi que l'astrologie, une sorte de savant philosophe. Il passait pour ne croire ni à Dieu ni à Diable, ce qui ne l'empêchait pas d'invoquer les esprits, à ce qu'on racontait. Un « marginal », dirait-on aujourd'hui. Pendant la fameuse peste, il semble qu'il ait fait preuve d'un beau dévouement, puisqu'il n'hésitait pas à approcher les pestiférés pour les soulager sinon les guérir, accompagné de ses propres fils. Or les gens, au lieu de lui en être reconnaissants, ont commencé à trouver bizarre que ni lui, ni ses enfants, n'attrapent la « mort noire », comme on l'appelait. Ils l'ont accusé d'être responsable de la peste dans le pays à cause de son impiété, et d'avoir passé un pacte avec le diable pour être épargné. Le bouc émissaire rêvé. Alors que la peste était à son comble, un pauvre et deux notables ont perdu chacun leurs fils le même jour, à la même heure, tandis qu'à côté d'eux, les deux fils de Fonjac continuaient à respirer la santé. En cette période où les cadavres s'amoncelaient dans les rues, ça devenait de la provocation ! Les trois pères, aveuglés par leur douleur autant que par leurs préjugés, ont hurlé à la sorcellerie. Ils ont pris la tête d'une véritable émeute et, encouragés par les gens du village, ont tout simplement massacré à coup de hache M. de Fonjac ainsi que ses fils, histoire de leur apprendre à vivre ! Ils ont jeté le corps d'un des jeunes gens dans la rivière ; on ne l'a jamais retrouvé – vous verrez que ce détail revêt son importance. Bien que le sieur de Fonjac ait reçu assez de coups de hache pour occire un régiment, on dit qu'il s'est tout à coup relevé, le visage en morceaux, pour crier qu'il était au séjour des morts, mais qu'il en reviendrait de siècle en siècle pour se venger et venger ses enfants de l'ingratitude des habitants de Saint-Ancel. On prétend que des échevins, aidés par le curé lui-même, ont mis par écrit le récit de ces événements dont ils auraient été témoins, mais évidemment, nous n'avons plus ce récit qui ne se transmet qu'oralement. Et depuis, chaque fois que dans le village quelqu'un meurt d'autre chose que de vieillesse, on accuse le fantôme de Fonjac... Voilà toute l'histoire.

– Histoire édifiante ! Mais tout de même, vous n'allez pas me dire...

– Que les gens y croient encore ? Oui, non... elle reste étrangement vivante dans le village en tout cas – un village où la vie n'a pas tellement changé depuis cette époque. Au cimetière, on voit toujours la tombe où les deux corps restants auraient été enterrés on ne sait par qui. Vous pouvez aller y prier pour le repos de leur âme, si ça vous amuse ; vous verrez qu'y est gravé le « signe de Fonjac » : le glaive croisé d'une hache. C'est bien rare, dans le village, les gens qui ne jurent pas avoir vu un jour, ou plutôt une nuit, des lueurs ou des formes bizarres errer autour de cette tombe, ou y avoir entendu des cris à vous glacer le sang.

– Charmant…

– Il existe un véritable calendrier des « vengeances » du fantôme… du XVe siècle à nos jours. Et plus les faits se perdent dans la nuit des temps, plus le scénario apparaît comme une réplique du meurtre du médecin et de ses fils : série de trois morts, un pauvre et deux notables, avec disparition d'un cadavre.

– C'est le cinéma permanent, chez vous, dites-moi !

– C'est le folklore, un peu lugubre, du village ! Les uns font semblant d'y croire en n'y croyant pas vraiment ; les autres font semblant de ne pas y croire en y croyant un peu. Certains y croient dur comme fer. Tenez, l'adjudant, n'allez pas trop lui dire que cette histoire n'est rien d'autre qu'une légende…

– Et vous, monsieur le maire ?

– Moi, comme habitant de Saint-Ancel, je ne me prononce pas. Et comme maire, tout ce que je veux, c'est que le calme règne. Vous savez, la dernière « série » de morts n'est pas tellement vieille, suite à l'effondrement d'un échafaudage, un effondrement inexplicable, évidemment. Et comme d'habitude, le jour même de la catastrophe, le signe de Fonjac a poussé sur les murs comme champignons dans les bois, et le cimetière a connu un véritable ballet de sorcières autour de la tombe Fonjac – d'après les habitants, bien entendu.

– Dites donc, à propos de votre « signe », vous savez que selon ce que m'a dit l'adjudant, il était dessiné sur le mur de la maison, et qu'il a été effacé ?

– Oui, je sais.

– Vous savez ? Et ça ne vous étonne pas ?

– Non. C'est moi qui l'ai gratté.

– Ah bon ! Mais dites-moi, voilà un acte qui vous met sur la liste des suspects !

– Je vous l'ai dit : je ne tiens pas à ce que les esprits s'échauffent. C'est pourquoi j'ai effacé le signe.

– À votre avis, dans ce cas comme dans le précédent, c'est un plaisantin qui l'a dessiné, ce signe, ou un maniaque ?

– Allez savoir...

– Parce que je vous avertis, si c'est votre M. de Fonjac, j'abandonne tout de suite l'enquête ! Je n'ai pas l'habitude de me battre contre les fantômes !

– Je ne dis pas ça...

– En tout cas, si c'était l'assassin, si assassinat il y a eu, ça prouverait qu'il connaît l'histoire et qu'il est du pays. Ça serait déjà une piste.

Ils arrivaient à la masure ; autour de la pierre sanglante, se trouvaient maintenant une dizaine de badauds. L'inspecteur les écarta. En même temps, il tendait le doigt en direction du mur pour demander au maire : « C'est bien là… » Mais il arrêta son geste et ravala sa question : le signe de Fonjac s'étalait de nouveau sur le mur.

4

Dès qu'ils aperçurent le maire, les villageois se mirent à l'interpeller.

– Vous avez vu, monsieur le maire, le signe de Fonjac !

Il avait vu, et il n'en revenait pas. Cependant, il s'efforça de rester impassible.

– Oui, oui, j'ai vu... heu... ce n'est pas bien grave... il peut être là depuis longtemps.

– Sûrement pas... personne le laisserait sur son mur, juste pour attirer le malheur... même le vieux Léonard aurait pas fait ça...

– Hum... sait-on jamais...

– Et le Léonard, il est pas mort tout seul...

– Il était saoul comme un Polonais. Il a pu se tuer en tombant sur la pierre.

– Et le coup de hache dans la figure ?

– On n'est pas sûr... attendons le résultat de l'autopsie.

– Attendons... attendons qu'il y ait d'autres morts !

– Pourquoi y aurait-il d'autres morts ! Du reste, je vous présente l'inspecteur Mignard, de la Police judiciaire, qui va éclaircir l'affaire et veiller, avec nos gendarmes, à ce que le calme règne au village.

Les badauds saluèrent l'inspecteur d'un signe de tête, sans se départir d'un visage méfiant.

– Vous verrez, lui lança l'un d'eux, à Saint-

Ancel, quand il y a un mort pas ordinaire, y en a toujours un qui suit.

– Et même deux, renchérit un autre. C'est à cause du signe...

– Eh bien ! intervint sèchement l'inspecteur, ce ne sera pas le cas cette fois-ci. À moins que l'un d'entre vous ne s'amuse à tuer son voisin, ajouta-t-il, mi-plaisantant, mi-agacé.

Et il tourna les talons.

Nestor avait ôté les roues de son vélo pour le mettre dans le coffre de la voiture et rentrer avec son parrain. Il jubilait.

– C'est super, cette histoire ! Un fantôme qui s'amuse à tagger les murs, des gens assassinés à coups de hache en pleine figure !

– Pas si vite, le meurtre n'est pas encore prouvé.

– J'espère qu'il le sera !

– Vraiment des goûts morbides, votre génération ! Vous voyez trop de films d'horreur.

– Une hache, c'est quand même plus original qu'un revolver.

Soupir de l'inspecteur.

– J'espère surtout qu'il va y avoir d'autres morts, comme le prédit la légende !

– Nestor, je t'ordonne d'arrêter de dire des bêtises.

La soirée se passa à jouer aux échecs. Par le passé, l'inspecteur arrivait sans trop de mal à battre son filleul. Maintenant, il devait reconnaître que les parties étaient de plus en plus serrées, et même qu'il commençait à perdre, sinon la face, tout au moins un certain nombre de parties...

Après une nuit calme, où Nestor regretta de ne pas entendre des bruits de chaînes dans les couloirs ou des hululements dans le jardin, l'inspecteur Mignard décida de se rendre à la morgue où l'autopsie devait être pratiquée. Évidemment, Nestor tint à l'accompagner.

– Je vais voir le cadavre. Ce n'est pas un spectacle pour toi.

– Quoi ! Tu refuses que je m'instruise ? De toute façon, des cadavres, j'en ai déjà vu plein !

– Où ça ?

– J'sais pas... partout...

– Parce qu'autour de chez toi, il y a plein de cadavres qui traînent, comme ça... ben voyons...

– Non... mais j'en ai vu au ciné, à la télé, et une fois, j'ai vu un noyé.

Comme d'habitude, l'inspecteur se résigna à ne pas avoir le dernier mot.

– Alors, résultat de l'autopsie ? demanda l'inspecteur Mignard au médecin légiste.

– Grosse fracture sur le côté du crâne, qui pourrait bien être due au contact d'une pierre. Plus une plaie sur la face provoquée par un « objet contondant ». Plus un foie imbibé d'alcool.

– La chute a-t-elle pu être provoquée par l'état d'ivresse ?

– Il ne semble pas. Une simple chute n'aurait pas occasionné une plaie aussi profonde. Il faut que le corps ait été poussé violemment.

– L'objet contondant ?

– Une hache ou quelque chose de semblable.

– C'est ce qui a provoqué la mort ?

– Pas du tout. En réalité, cette plaie est spectaculaire mais plutôt superficielle. C'est la fracture du crâne qui a provoqué la mort.

– On peut donc conclure : rixe entre clochards ; l'agresseur de Léonard saisit une hache qui traîne à côté et lui en porte un coup ; chute violente ; la tête heurte brutalement une pierre ; il meurt. Correct ?

– Certainement pas.

– Comment ça, « certainement pas » ?

– L'autopsie révèle que le coup de hache – s'il s'agit d'un coup de hache – a été porté plusieurs heures après le décès.

– Ça n'a pas de sens !

– Mais c'est comme ça. Pas d'erreur possible.

– Bitrange autant qu'ézard, murmura l'inspecteur, avec son humour habituel.

– Alors, tes conclusions ? demanda Nestor sur le chemin du retour.

– Ça paraît simple. Une bagarre entre ce Léonard et disons... un « clochard n° 2 ». Léonard est renversé violemment sur une pierre, il meurt. L'autre s'enfuit. Passe un villageois. La vue du cadavre réveille dans sa tête ces histoires de fou de M. de Fonjac. Il décide de se payer une petite mise en scène du meilleur goût. Coups de hache dans la figure, signes sur le mur... et tout le village est en révolution.

– Hum ! fit Nestor qui n'avait pas l'air convaincu.

– Tu comprends, c'est dans les régions où l'on est obsédé par les incendies de forêt qu'il pousse des pyromanes. C'est à peu près la même chose ici, à la différence que c'est aux esprits que les maniaques s'amusent à mettre le feu...

– Possible ; mais alors, c'est pas tellement rigolo, soupira Nestor.

– Parce que tu voudrais que ce soit quoi ?

– Le fantôme, tiens, le vrai !

Vingt-quatre heures passèrent. Nestor avait dégoté dans une remise une monstrueuse cognée à faire pâlir d'envie un bourreau du Moyen Âge et parcourait la propriété Mignard en se mettant dans la peau des fantômes de Fonjac.

Mignard interrogeait les villageois à droite et à gauche et, peu à peu, renforçait sa conviction : un vagabond, qui n'était pas un habitué du village, mais pas non plus un inconnu, avait en effet été aperçu dans les parages le jour précédant la mort du vieux Léonard. Le « clochard n° 2 », certainement. Plus de doute : c'était une banale affaire de rixe qui avait mal tourné. Les gendarmes étaient sûrs de mettre la main au collet de l'homme avant la fin du jour. Quant à celui qui jouait avec les haches et les graffitis, si on le trouvait, tant mieux, sinon, tant pis.

Les habitants de Saint-Ancel y gagneraient d'alimenter leurs fantasmes. L'inspecteur s'en lavait les mains. Pour lui, l'affaire était close. Il n'avait plus qu'à préparer ses cannes et ses lignes.

Et de fait, à neuf heures du soir, l'adjudant téléphonait à l'inspecteur Mignard.

– On a retrouvé notre homme. Il a fallu le secouer un peu, mais il a fini par avouer. Il s'est battu avec Léonard, il devait être aussi saoul que lui ! Mais il jure ses grands dieux que Léonard est tombé tout seul.

– Et le coup de hache ?

– Il fait l'étonné... peu importe... Ça ne change pas grand-chose. On l'interrogera encore un peu demain... De toute façon, il aura droit à son petit séjour en prison, le temps de se refaire une santé !

– Vous avez raison, ne nous cassons pas la tête pour des détails. Faites le rapport, je passerai le signer.

5

Neuf heures trente le lendemain matin.

L'inspecteur chantonnait sur l'air du *Temps des cerises* :

– « C't'une affaire cla cla, c't'une affaire ssée ssée, c't'une affaire cla cla, c't'une affaire cla cla c'est une affai-re – cla-ssée... »

En même temps, il vérifiait le contenu de sa mallette en le comparant à sa « liste type pêche à la ligne » car, nous avons déjà eu l'occasion de le dire, c'était un homme méthodique.

– Plombs, ça va ; asticots, mie de pain, ça va ; fil de 6, fils de 7, ça va ; hameçons : un de 2, ça va ; deux de 3, trois de 4, quatre de 5, cinq de 6, sept de 7... tiens ? ça ira quand même...

Il s'apprêtait à boucler la mallette en reprenant sa chansonnette : « C't'une affaire cla cla, c't'une affaire ssée ssée », lorsqu'il fut brutalement interrompu par la sonnerie du téléphone.

– Allô Mignard ?

– C'est vous patron ? Ça tombe bien, je comptais vous appeler dans la journée.

– Vous n'aurez donc pas besoin... Comment allez-vous, mon cher Mignard ?

– Ça va très bien, patron, très très bien. Parce que pour l'affaire de Saint-Ancel, elle est classée ; CLASSÉE. C'était bien une bagarre de clochards qui a mal tourné. Pas de quoi fouetter un chat ni déranger la P. J. L'assassin, si on peut parler d'assassin, a été retrouvé et a tout avoué, c'est-à-dire pas grand-chose. Ce qui fait qu'en conséquence de quoi aussi bien que subséquemment, j'ai l'honneur de vous déclarer que je suis en vacances et que je pars à la pêche dans la minute qui suit.

– Désolé de vous décevoir, Mignard, mais la pêche, je doute que ce soit pour la minute qui suit.

– Ah... et peut-on savoir pourquoi ?

– La gendarmerie ne vous a pas téléphoné ?

– Patron, comme je viens de vous le dire, je me considère en vacances, et pour être sûr d'y rester, j'ai débranché mon téléphone.

– Tiens, tiens... et c'est le fantôme qui l'a rebranché ?

– Mais c'est vrai, ça... NESTOR !

– Pardon ?

– Non, rien, j'appelais mon filleul. Continuez, monsieur le commissaire...

– Je continue. Donc, je ne sais si la gendarmerie a cherché à vous joindre, je pense que oui ; en tout cas, ce matin, elle – la gendarmerie – a téléphoné au maire, qui a téléphoné au procureur de la République, lequel, je vous le rappelle...

– ... est un ami du maire, je sais...

– ... qui m'a téléphoné... raison pour laquelle je vous téléphone moi-même...

– Pour me dire ?

– Qu'un nouveau crime vient d'être commis... et un vrai, cette fois.

– Où ça ?

– À Saint-Ancel.

– Dites, commissaire, vous plaisantez, j'espère ?
– Mon très cher Mignard, m'avez-vous déjà vu plaisanter ?
– C'est vrai, patron, jamais.
– À huit heures ce matin, une femme de Saint-Ancel a appelé Police secours... elle venait de découvrir son mari assassiné dans sa propre maison.
– À Saint-Ancel ! gémit l'inspecteur Mignard.
– Un médecin à la retraite, je crois...
– Et un notable, re-gémit l'inspecteur.
– Je vous passe les détails sordides... on m'a parlé de visage méconnaissable...
– À coups de hache, sans doute...
– Oui, comment le savez-vous ? Je crois que c'est ça... enfin, vous verrez.
– Comment ça, JE verrai ?
– Mon cher Mignard, vous êtes sur place, vous pensez bien que je ne vais pas envoyer quelqu'un d'autre... du reste, ce serait vexant pour vous...
Juron de l'inspecteur que la décence nous oblige à ne pas rapporter.
– Le préfet m'a parlé aussi de... d'un signe de je ne sais quoi... je n'ai pas très bien compris...
– Moi je comprends très bien, enchaîna l'inspecteur qui, cette fois, affecta un air détaché.
– Eh bien, vous voyez que vous êtes l'homme de la situation, mon cher Mignard. Alors bon courage, et tenez-moi au courant.
L'inspecteur raccrochait lorsque Nestor bondit dans la pièce.

– Alors, parrain, les poissons vont pas nous attendre... On y va ou on n'y va pas ?

– On n'y va pas.

– Pourquoi ?

– PARCE QUE TU AS REBRANCHÉ LE TÉLÉPHONE !

– Oui... j'avais besoin d'appeler l'horloge parlante...

– Et les montres, tu ne connais pas !

– J'ai démonté la mienne... je suis pas encore arrivé à la remonter. Bon, qu'est-ce qu'il se passe ?

– Un nouveau crime.

– À Saint-Ancel ?

– À Saint-Ancel, évidemment. Un médecin. À coups de hache.

– Ouais ! Super ! cria Nestor en sautant au plafond. Le fantôme de Fonjac a encore frappé ! C'est un vrai scénario de film !

L'inspecteur se contenta de hausser les épaules, résigné.

6

L'inspecteur Mignard, toujours flanqué de Nestor, s'engouffra dans sa Ford, direction la gendarmerie. Il y régnait une certaine effervescence. L'adjudant était là, le maire aussi.

L'inspecteur salua sèchement.

– C'est vrai ce que j'apprends de mon patron ?

– On a essayé de vous téléphoner, répliqua l'adjudant, ça ne sonnait pas « libre »... Le docteur Lebrun a été trouvé mort dans sa cuisine ce matin, défiguré, du sang partout.

– Quel pays... soupira l'inspecteur.

– Je vous avais averti...

– Et ce foutu signe de Fonjac tracé partout avec le sang ! cria le maire qui semblait hors de lui. C'est insensé, impensable, inacceptable, en plein XXe siècle !

– Si c'est une plaisanterie, elle commence à virer au mauvais goût, murmura l'inspecteur, qui ajouta : qui a découvert le corps ?

– La femme de la victime.

– Seule dans la maison avec lui ?

– Dans la maison, oui. Mais il y a une conciergerie à l'entrée du parc où loge une dame, veuve, avec sa fille.

– Le crime a eu lieu à quelle heure ?

– On ne sait pas encore.

– La femme du docteur a entendu quelque chose, je suppose...

– Il semble que non. À vrai dire, on ne l'a

pas réellement interrogée. Elle est encore sous le choc.

– Évidemment... Qui s'est rendu sur place ?

– Police secours de Guéret, ainsi qu'un médecin de l'hôpital. Ils sont encore là-bas avec le brigadier Blachon.

– Bon. J'y vais.

– Je vous y conduis, proposa l'adjudant.

Un attroupement de badauds obstruait déjà le portail de la villa du docteur Lebrun, le nez levé vers la maison qu'on apercevait à travers les arbres, comme s'ils attendaient une apparition. L'inspecteur et l'adjudant furent accueillis par des murmures dans lesquels on devinait plus d'excitation que de colère.

– On vous l'avait bien dit, on n'y échappe pas...

– Vous voyez bien, Fonjac, c'est pas une légende !

– Une véritable fatalité...

– Une malédiction...

Et sur le portail, tracé à la chaux, le signe...

L'inspecteur, suivi de l'adjudant, se fraya un passage et franchit le portail sans un mot. Une allée de marronniers menait à une grosse maison carrée. Quelques marches de pierre, ornées de part et d'autre d'une statue de lion à tête de femme avec un enfant en croupe, permettaient d'accéder à la terrasse sur laquelle ouvrait la porte principale à larges baies vitrées. Le brigadier Blachon les attendait.

– Je vous conduis sur les lieux, leur dit-il aussitôt.

Ils traversèrent un hall aux murs agrémentés de grands tableaux de chasse et meublé d'un canapé et de fauteuils cossus ; puis un petit couloir sur lequel donnait la porte de la cuisine. Deux hommes de Police secours étaient là. À terre, des taches de sang et, sur les murs, lugubre avec ses traits brunâtres mal dessinés, le glaive croisé de la hache.

– Vous avez enlevé le corps ? s'écria l'inspecteur après les présentations d'usage.

– Nous nous sommes permis. La femme de la victime ne supportait plus de le voir étendu là ; elle était au bord de la crise nerveuse. Nous avons relevé tout ce qui paraissait intéressant et pris quelques photos avec notre Polaroïd... Les voici...

– Mais bon sang, vous n'auriez rien dû toucher avant mon arrivée !

– C'est-à-dire... Les gendarmes nous ayant fait savoir qu'ils ne parvenaient pas à vous joindre au téléphone et qu'ils ne savaient pas où vous étiez...

– Bon, bon, ça va, bougonna l'inspecteur.

Comme le montrait le dessin tracé à la craie sur le carrelage de la cuisine, le corps avait été retrouvé étendu sur le dos, au pied de l'évier. Rien ne semblait avoir été touché dans la pièce ; pas de trace de lutte, sinon un verre cassé dont ils avaient laissé les débris par terre (vraisemblablement celui que tenait le docteur lorsqu'il avait été attaqué).

– Le médecin de Guéret n'a pu que constater la mort. Il n'est resté que quelques minutes, sachant que vous feriez procéder à une autopsie. Il a laissé ses conclusions sur ce papier officiel. Tué par un objet contondant, selon toutes apparences.

– Une hache, bien sûr ?

– Possible.

– Vous l'avez cherchée ?

– Rien trouvé aux alentours.

– La femme du docteur ?

– Nous lui avons posé quelques questions. À première vue, elle ne sait rien. Elle semblait au bord de l'évanouissement et s'est retirée dans sa chambre.

– Je vois. J'espère pouvoir lui parler avant midi. Vous avez expédié le corps pour l'autopsie ?

– Non. Nous sommes mardi et ce jour-là, la morgue de Guéret ne reçoit pas les corps. Il faudra attendre demain. Pour le moment, nous l'avons monté dans une chambre.

Les hommes de Police secours avaient terminé leur mission. Ils se retirèrent.

L'inspecteur Mignard demanda à voir le cadavre ; le brigadier Blachon, conscient de son importance et qui, depuis le matin, évoluait dans la maison comme s'il avait été chez lui, le conduisit par un vaste escalier de marbre jusqu'à la porte d'une pièce donnant sur le petit balcon qui entourait la cage d'escalier. Le gendarme tira une clé de sa poche et la fit jouer dans la serrure.

– La porte est fermée à clé ? s'étonna l'inspecteur.

– La femme du docteur a peur que n'importe quel badaud ou journaliste ne pénètre dans la chambre. Elle m'a demandé de la laisser fermée pendant qu'elle se reposait, et de n'y faire entrer personne d'autre que la police. Ça se comprend, conclut-il en haussant les épaules.

Les volets étaient mi-clos ; le mort reposait sur un large lit au milieu de la pièce, recouvert par un drap blanc ; à côté, une petite table avec un crucifix, un brin de buis et un cierge allumé ; une odeur moite de sang séché se mêlait à celle de la cire chaude. La tapisserie vert sombre donnait à la pièce une allure particulièrement lugubre. Nestor, qui s'était faufilé derrière son parrain, fut surpris et plus amusé qu'effrayé par ce décor de chambre mortuaire qu'il n'avait jamais vu ailleurs que sur des photos ou dans des films.

– Savez-vous si cette chambre était celle du docteur Lebrun ? demanda l'inspecteur à Blachon.

– Non. C'est une chambre d'amis, habituellement inoccupée. C'est ce qu'a dit Mme Lebrun.

L'inspecteur ôta le drap.

– Il a la figure en marmelade, murmura Nestor à la vue de la plaie qui s'étendait du menton au crâne. Il y va pas de main morte, le fantôme...

– Charmant, dit de son côté l'inspecteur, visiblement plus ému que son filleul.

Nestor inspectait le corps revêtu d'un costume sombre, les deux mains ramenées sur la poitrine, un chapelet enroulé entre les doigts. Son regard fut bientôt attiré par la montre qu'il portait au bras. Une montre rectangulaire, plutôt petite, mais manifestement de grand prix. Il était intrigué, sans trop savoir pourquoi, peut-être parce qu'insuffisamment serrée, elle avait légèrement pivoté autour du poignet.

L'inspecteur Mignard décida de commencer par l'interrogatoire de la concierge. Elle avait la cinquantaine, et sa fille environ quinze ans. Nestor suivait son parrain.

– Vous assurez un service chez les Lebrun ?

– Je fais le ménage chaque matin, c'est tout.

– Depuis longtemps ?

– Il n'y a qu'un an qu'ils ont acheté cette maison. Mais je suis restée plus de quinze ans au service du docteur Benoît et de sa femme qui occupaient cette maison avant eux. Quand le docteur est mort, sa femme s'est retirée à Nice, chez une de ses sœurs. Je suis restée, surtout à cause du logement...

– Le docteur Lebrun n'exerçait plus ?

– Non, il était à la retraite, pourtant il n'était pas très vieux... cinquante-cinq ans, peut-être...

– Savez-vous d'où ils venaient ?

– Oui, de Lorraine. Ils en parlaient parfois.

– Vous aviez de bonnes relations avec eux ?

– Sûrement pas comme avec leurs prédécesseurs. Avec les Benoît, c'était la vie de famille. Le docteur Lebrun, je le voyais à peine, et Mme Lebrun, elle était plutôt distante. Je faisais mon travail, c'est tout.

– Ils recevaient du monde ?

– Pas beaucoup. Parfois, cependant... le soir...

– Quel genre de gens ?

– Je ne peux pas vous dire... Je ne faisais que les voir passer... Madame les servait elle-même. Je ne faisais jamais la cuisine.

– Vous avez entendu quelque chose, la nuit dernière ?

– Rien. La maison est loin. Je ne la vois même pas d'ici.

– Quelqu'un est-il venu hier soir ?

– Personne.

– Quand avez-vous vu le docteur Lebrun pour la dernière fois ?

– Hier matin, en faisant le ménage.

– Vous avez remarqué quelque chose dans son comportement ?

– Rien ; il était comme d'habitude.

– Mme Lebrun vous a appelée quand elle a découvert le corps ?

– Non. Il n'y a pas d'interphone ni de téléphone ici ; je crois qu'elle a tout de suite appelé Police secours.

– Comment avez-vous appris la nouvelle du crime ?

– Par les policiers, quand ils ont sonné au portail.

– Ça a dû vous faire un choc !

– Sûr...

– Vous avez vu le corps de la victime ?

– Non. J'ai accompagné les policiers à la villa, mais je n'ai pas voulu voir le cadavre. Du reste, Mme Lebrun m'a tout de suite demandé de me tenir à la conciergerie pour ne laisser entrer personne, que les gendarmes.

– Une dernière question : vous n'avez jamais eu de motifs de querelle avec les Lebrun ?

Elle sembla hésiter :

– Pas vraiment, des petits heurts, parfois...

– Sur quels sujets ?

– Rien d'important, coupa Mme Garcia.

– Je vous remercie.

– Pas très avancé, soupira l'inspecteur Mignard en remontant l'allée de marronniers. Je n'ai pas noté grand-chose.

– Moi, si.

– Ah ? Et quoi donc ?

– Que la fille de la concierge a l'air sympa !

– Je vois. Et à part ça ?

– Rien... sinon que... tu ne trouves pas bizarre qu'elle ne soit pas entrée voir le cadavre ?

– Tout le monde n'a pas tes goûts morbides !

7

Le brigadier Blachon a été détaché par la gendarmerie de Saint-Ancel pour servir d'adjoint à l'inspecteur Mignard. C'est pourquoi ce dernier est en conférence avec lui dans le hall d'entrée de la maison Lebrun...

– Alors, Blachon, dites-moi voir, par où est entré notre assassin ?

– Sais pas.

– Comment ça, vous ne savez pas... c'est pourtant la première chose à savoir.

– La porte d'entrée était fermée à clé. Pas de trace d'effraction.

– Évidemment ! Vous entrez par la porte principale, vous, quand vous assassinez quelqu'un ?

– C'est-à-dire, monsieur l'inspecteur...

– Il y a des entrées secondaires, je suppose...

– Une entrée de service derrière la cuisine, une autre qui donne dans une remise. Solidement fermées. Pas d'effraction non plus.

– Les fenêtres ?

– Fermées aussi, et même les volets. Je les ai tous vérifiés.

– Un soupirail, alors, un œil-de-bœuf...

– Rien qui laisse le passage à un homme.

– Il n'est quand même pas passé à travers les murs !

– On pourrait le croire...

– Bon, on reverra ça plus tard. On a volé quelque chose ?

– Apparemment, rien... J'ai demandé à Mme Lebrun de vérifier. Argent, bijoux, bibelots, tableaux, rien n'a bougé. Aucun meuble ouvert ou fracturé.

– Eh ben ! ça ne va pas aider à trouver le mobile du crime. Vous pensez que Mme Lebrun est visible maintenant, visible et interrogeable ? demanda alors l'inspecteur.

– Elle est toujours dans sa chambre.

– Qui se trouve ?

– Au premier étage ; on voit la porte d'ici. À droite de l'escalier, c'est la chambre mortuaire ; à gauche, la chambre de Mme Lebrun.

– C'est bien ; j'y monte.

Mignard frappa à la porte ; une faible voix lui répondit « Entrez ». La chambre était peu éclairée, les volets étant mi-clos. Revêtue d'une grande robe de chambre, la femme de la victime était assise dans son lit. Il se présenta :

– Inspecteur Mignard. Toutes mes condoléances, madame. C'est un drame horrible.

– Horrible, souffla la veuve en écho.

– Bien que je comprenne que cela vous soit pénible, je vais devoir vous poser quelques questions... Où préférez-vous qu'ait lieu l'entretien ?

– Dans le hall, si vous voulez ; je vous y rejoins.

L'inspecteur descendit. Nestor était en bas.

– Je prends des notes ? souffla-t-il à son parrain.

– Inutile, répondit ce dernier. Excusez sa

présence dans votre maison, ajouta-t-il en se tournant vers Mme Lebrun qui arrivait et s'asseyait sur le canapé ; c'est mon neveu, il m'accompagne en ce moment.

– Je n'ai rien de confidentiel à dire ; il peut rester.

Nestor n'attendait que ça. Il s'appuya discrètement contre le mur.

– C'est vous qui avez découvert le corps de votre malheureux mari ? commença l'inspecteur.

– Oui...

– À quelle heure ?

– À huit heures, ce matin.

– Vous dormiez dans la même chambre ?

– Non. Nous faisons habituellement chambre à part... à cause de mes insomnies.

– Où est la chambre de votre mari ?

– Au rez-de-chaussée.

– À quelle heure pensez-vous qu'il ait été assassiné ?

– Peu avant minuit sans doute. C'est l'heure à laquelle il avait l'habitude de se coucher. Il allait toujours boire à la cuisine avant de dormir.

– Vous l'avez quitté à quelle heure ?

– À vingt heures trente. Je me couche toujours tôt.

– Vous n'avez rien entendu ?

– Non. Je prends des cachets pour dormir.

– Qu'avez-vous fait à la vue du corps ?

– J'ai téléphoné à Police secours.

– Après avoir téléphoné, vous n'avez pas songé à aller chercher Mme Garcia, votre gardienne ?

– Non. J'étais paralysée ; je suis restée près du corps de mon mari sans bouger. J'avais peur.

– Je vois.

Les réponses de Mme Lebrun étaient claires, bien qu'elle parlât à voix basse et qu'elle entrecoupât ses paroles de sanglots en se tamponnant les yeux avec son mouchoir.

– Il semble qu'aucune entrée n'ait été fracturée. La porte principale était bien fermée à clé ?

– Certainement, c'est moi qui la ferme chaque soir ; je vérifie aussi tous les volets. J'ai toujours eu très peur des voleurs.

– Il semble justement que rien n'ait été volé...

– Rien...

– Dans ce cas, avez-vous une idée de ce qui a pu pousser l'assassin ?

– Aucune.

– Votre mari avait des ennemis ?

– Certainement pas.

– Réfléchissez bien... dans le village, ou dans vos anciennes relations, dans votre famille peut-être...

– Je ne vois pas.

– Vous receviez beaucoup de visites ?

– Pas énormément.

– Qui par exemple ?

– Quelques personnes du bourg : le curé, un couple avec qui nous jouions au bridge, des amis de mon mari avec qui il chassait...

– Je vois... Quelqu'un est-il venu chez vous dans la journée d'hier ?

– Hier... non... personne...

– Quelle est la dernière personne que vous avez reçue ?

– Je ne me souviens pas... nos amis bridgeurs, je pense...

– Quand cela ?

– Il y a une semaine, à peu près.

– Entretenez-vous de bonnes relations avec Mme Garcia ?

– Elle fait bien son travail. Nous avons cependant eu un petit différend récemment, ajouta-t-elle après une légère hésitation.

– Pouvez-vous préciser ? insista l'inspecteur.

– Du temps de nos prédécesseurs, les Benoît, elle avait pris l'habitude de disposer d'une bonne partie de la remise ; elle y avait déposé des meubles et des cartons. Elle y étendait son linge aussi, avec un certain sans-gêne il faut le dire. Nous avons dû y mettre le holà ; mon mari voulait disposer de la totalité de cette remise, notamment pour entreposer une importante collection de minéraux. Elle l'a très mal pris.

– Cela s'est passé quand ?

– Elle a débarrassé ses affaires il y a à peu près trois mois. L'histoire est oubliée.

– Une dernière question : Mme Garcia a-t-elle les clés de votre maison ?

– Oui, elle a toutes les clés.

– Hum... Je vous remercie. Vous savez que je devrai faire procéder à une autopsie ? ajouta l'inspecteur.

– Est-ce indispensable ?

– Indispensable. Le corps devrait déjà être à la morgue.

– Que tout cela est difficile à supporter, soupira Mme Lebrun en s'épongeant les yeux.

– C'est tout pour le moment, madame, conclut l'inspecteur. Je devrai inspecter les lieux d'assez près, avec le gendarme Blachon...

– Faites ce qui est nécessaire. Désirez-vous voir ma chambre ? ajouta-t-elle en se levant.

– Peut-être, pour me rendre compte de sa situation dans la maison. Quoi qu'il en soit, je vous avertirai.

8

L'inspecteur Mignard passa la fin de la matinée à visiter la propriété, vérifiant toutes les issues, ouvrant tous les placards, sondant les murs, scrutant les allées du parc... Il regarda aussi des photos du docteur Lebrun qu'il s'était fait remettre par sa femme.

À midi, il rentra chez lui pour déjeuner avec son filleul. Il faisait grise mine et bougonnait dans sa moustache.

– Rien trouvé... pas un indice... par où est entré l'assassin ? par où il est sorti ? pourquoi il a tué ? Mystère. Et ce signe stupide...

– Moi, dit Nestor, si j'étais toi, je retournerais interroger Mme Garcia, la gardienne...

– Je veux d'abord reparler avec Mme Lebrun elle-même.

– Pas à elle, ça sert à rien !

– Et pourquoi ?

– Si c'est elle qui a assassiné son mari, elle ne te racontera que des mensonges !

– « Si c'est elle qui a assassiné son mari » ! Tu vas vite en besogne...

– Qui veux-tu que ce soit d'autre ?

– Une femme ne tue pas à coups de hache.

– Elle est louche, en tout cas ; ses larmes, c'est rien que des larmes de crocodile.

– Moi, je la trouve très digne dans son malheur...

– Je pense quand même que c'est Mme Garcia que tu devrais revoir.
– Et... « si c'est elle qui a assassiné le docteur Lebrun », elle ne me dira pas que des mensonges ?
– Comme si ça pouvait être elle !
– Pourquoi pas ?
– En fait, ce que je pense, c'est que c'est sa fille qu'il faudrait interroger...
– Ah ! Je commence à comprendre !
– Je dis ça, c'est juste pour l'enquête ! Elle peut avoir vu ou entendu quelque chose...
– Je n'aime pas beaucoup interroger les enfants.
– D'abord, c'est plus une enfant ; ensuite... je peux le faire moi-même si tu veux...
– On y arrive ! Tu te feras passer pour Hercule Poirot ou pour Tintin ?
– Je trouverai un prétexte.
– Si ça t'amuse... pourvu que tu ne dises pas que c'est moi qui t'envoie.

Au début de l'après-midi, Nestor posait sa bicyclette contre un arbre devant le portail de la propriété Lebrun où traînaient toujours de nombreux badauds. Il s'approcha de la cloche, mais un gendarme l'interpella.
– Inutile de sonner. Personne n'entre. Et qu'est-ce que vous voulez, d'abord ?
– Je ne vais pas chez Mme Lebrun, je vais chez Mme Garcia, enfin, chez *mademoiselle* Garcia.
– Ah ? Et pourquoi donc ?
– Pour rien... C'est une copine...

– Bon… alors, allez-y.

Il sonna. C'est « mademoiselle Garcia » elle-même qui ouvrit. Elle était vêtue d'un gros pull-over en laine écrue et d'un jean. Nestor avait bien préparé son prétexte, mais face à elle, il se sentit terriblement intimidé et se mit à bégayer :

– Heu… salut… heu… je venais parce que… c'est-à-dire… enfin… heu… il se trouve que… vous vous souvenez, ce matin, c'est moi qui étais l'inspecteur… pardon, je veux dire, AVEC l'inspecteur, c'est mon parrain… mais ce n'est pas pour ça que je viens… je vais vous expliquer… mais… heu… je peux entrer… parce que là… au portail… avec tout ce monde…

La fille le regardait avec des yeux amusés, et Nestor, lui, au milieu de son affolement, arrivait à penser en son for intérieur : « Elle est encore plus chouette que je pensais ». Elle le fit entrer et ferma le portail derrière lui. Ouf ! Il était dans la place.

– Je m'appelle Nestor, dit le garçon qui reprenait peu à peu ses esprits. Et toi ?

– Mercedes.

– Comme les voitures ?

– C'est un prénom espagnol avant d'être une marque de voiture.

– Un très beau prénom, en tout cas, lâcha Nestor en se reprochant aussitôt une remarque aussi banale.

Ils se trouvaient dans la première pièce de la conciergerie qui n'était autre que la cuisine.

– Maman n'est pas là ; elle est sortie faire les courses, dit simplement Mercedes.

– Voilà, j'étais venu parce que ce matin... j'ai remarqué que tu avais une belle Dinky Toys sur une étagère de votre salle à manger... pas une Mercedes ! une Peugeot 301... elles sont assez rares, les 301, et comme je fais la collection, je voulais te demander si je ne pourrais pas l'acheter... ou l'échanger...

– Si tu y tiens, je peux te la donner, elle est à moi, je ne sais même pas d'où elle vient.

– Vraiment ? Ta mère ne dira rien ?

– Non. Et d'abord, c'est pas ma mère.

Nestor ouvrit de grands yeux.

– Je n'ai jamais connu mes parents. Mme Garcia, c'est comme une nourrice pour moi. Je l'appelle « maman », mais je ne suis chez elle que depuis l'âge de sept ans.

– Et... ça se passe bien ?

– Ça dépend... enfin, ça va à peu près.

Ils passèrent dans la pièce d'à côté ; Nestor retourna la fameuse 301 dans tous les sens, pendant que Mercedes allait chercher une bouteille de Coca-Cola. L'atmosphère se dégelait à vive allure. Au bout de dix minutes, ils savaient qu'ils étaient tous les deux en troisième bien que Mercedes ait largement un an de plus que Nestor, et qu'ils avaient en commun d'estimer que le collège était la pire des inventions ; au bout d'un quart d'heure, elle lui faisait visiter le parc.

– Je vais partout, dit-elle, bien qu'en principe, je n'en aie pas le droit. Mme Lebrun crie dès qu'elle me voit près de la maison. Je ne l'aime pas, cette vieille banane sèche ! La dame qui habitait là avant était bien plus gentille.

C'était l'occasion de parler du crime.

– Tu penses qu'elle aurait pu assassiner son mari ?

– Elle en serait bien capable.

– Et cette histoire de fantôme de Fonjac, tu y crois ?

– Pas tellement.

– Mais ce signe, qu'est-ce que c'est, à ton avis ?

– Je ne sais pas. Peut-être que la mère Lebrun fait revenir les esprits... peut-être qu'elle fait tourner les tables... tu l'as vue, avec ses dents qui avancent, elle ressemble à un vampire... Tu sais grimper dans les arbres ? ajouta-t-elle brusquement.

– Évidemment, pourquoi ?

– Alors, suis-moi.

En un tournemain, ils se retrouvèrent tous les deux sur une haute branche d'un marronnier, tout près de la maison.

– Tu vois, d'ici, on a une vue plongeante sur le salon... j'y viens de temps en temps... c'est marrant.

– Dis donc, tu aurais pu voir passer l'assassin !

– J'aurais pu... j'étais là hier à la tombée de la nuit, vers neuf heures.

– Ah... Et tu as remarqué quelque chose ?

– Il y avait un homme qui parlait avec M. Lebrun.

Nestor fit sur la branche un bond tel qu'ils faillirent se retrouver tous les deux par terre.

– Tu es sûre ?

– Parfaitement sûre.

– Tu as vu qui c'était ?

– Non. Les rideaux étaient presque complètement tirés. En tout cas, il n'a pas sonné au portail. Il a dû entrer par la porte qui est au fond du jardin.

– Dommage que tu l'aies pas reconnu…

– Je l'ai pas reconnu mais…

– Mais ?

– Mais en fait, je n'ai jamais vu qu'un seul bonhomme entrer comme ça le soir par cette porte. Je sais qu'il est notaire et qu'il s'appelle Chirief. Il doit être Russe avec un nom comme ça…

– Tu es sûre de ce que tu dis ?

– Oui, sûre.

Nestor triomphait en revenant chez son oncle.

– Alors ? interrogea ce dernier.

– Alors, les affaires marchent.

– Lesquelles, celles du cœur ou celles de l'enquête ?

– Celles de l'enquête ! enfin… les deux… j'espère.

– Voyons celles de l'enquête.

– D'abord, finalement, ça se peut que ce soit Mme Garcia « l'assassine », parce qu'elle est pas vraiment la mère de la fille qui est avec elle ; c'est que sa nourrice.

– Évidemment, c'est une bonne raison !

– Ensuite, Mme Lebrun t'a bien dit que personne n'était venu les voir depuis plusieurs jours ?

– Elle l'a dit.

– Eh bien c'est faux. Mercedes – Mercedes,

c'est la fille, précisa-t-il en rougissant légèrement – elle a vu un homme chez eux hier soir à neuf heures. Elle l'a pas vraiment reconnu, mais elle pense que c'est un notaire qui s'appelle... attends, j'ai écrit son nom sur un papier.

Nestor tira de sa poche une enveloppe de chewing-gum sur laquelle il avait noté « Chirief » et communiqua le nom à son parrain. Après quoi il raconta en détail toute son entrevue avec Mercedes.

L'inspecteur, sans aucun commentaire sur l'indiscrétion de la jeune fille, murmura :

– Il y a des cas où la curiosité est utile. Le renseignement est intéressant. Je le vérifierai dès que possible.

9

L'inspecteur Mignard était retourné à la gendarmerie.

– Vous avez vu les affiches ? lui demanda l'adjudant.

– Les affiches, quelles affiches ?

– Regardez, sur le mur d'en face...

L'inspecteur traversa la rue et put lire, tracé au feutre sur du mauvais papier :

Saint-Ancellois, nous ne sommes plus en sécurité. Nos familles sont menacées. Déjà deux morts ! Que font nos élus ? Protestons contre l'incurie du conseil municipal. Exigeons des mesures énergiques.

Parti républicain social.

– C'est quoi, ce Parti républicain social ? demanda l'inspecteur de retour à la gendarmerie.

– Il y a à Saint-Ancel deux partis qui se disputent la mairie : le PRS et le PSR, autrement dit, le Parti républicain social et le Parti social républicain. Ils ne manquent pas une occasion de se tirer dans les pattes... Le maire va être furieux ! Du reste, le voilà.

Furieux, le maire l'était, oui.

– Les bâtards ! Comme si je n'avais pas pris toutes les dispositions nécessaires ! Monsieur l'inspecteur, je voulais justement vous parler. C'est très important.

L'inspecteur Mignard signifia par un geste de tête qu'il était tout oreilles...

– Monsieur l'inspecteur, surtout, SURVEILLEZ BIEN LE CADAVRE.

– Vous avez peur qu'il s'envole ?

– Oui monsieur, justement, j'ai peur qu'il s'envole. Rappelez-vous que d'après la tradition, ou la légende, si vous préférez, quand il y a une série de cadavres à Saint-Ancel, il est d'usage que le deuxième disparaisse dans la nature, comme celui du deuxième fils de M. de Fonjac.

– Enfin, monsieur le maire, ce n'est pas sérieux...

– Ce qui est sérieux, c'est ce qui se passe dans la tête de mes administrés. Tout ce que je vous demande, c'est de faire en sorte qu'ils sachent que le cadavre est bien gardé.

L'inspecteur se tourna vers l'adjudant.

– Vous avez un gendarme à me prêter pour cette nuit, en plus de Blachon ?

– Ça peut se trouver... je vous donnerai Mercadier.

– Bon. Je le mettrai dans le parc, Blachon à la porte de la chambre mortuaire. Et demain, le cadavre partira à la morgue pour l'autopsie. Ça ira comme ça ?

– Ça devrait aller, soupira le maire.

On était au milieu de l'après-midi lorsque l'inspecteur retrouva le brigadier Blachon dans le hall d'entrée de la maison Lebrun. Le gendarme Mercadier l'accompagnait.

– Rien de nouveau ?

– Rien.
– Où est Mme Lebrun ?
– Dans sa chambre.
– Pas de membres de la famille venus présenter leurs condoléances ?
– Non. Du reste, je crois qu'elle n'a encore prévenu personne.
– Elle a raison, mais demain, le crime fera la une de tous les journaux. Sans parler des actualités régionales... À ce propos, les journalistes n'ont pas encore forcé le barrage ?
– Non, mais je m'attends à en voir bientôt passer par la fenêtre...
– Soyez vigilant. Personne dans la maison. Bon, je vais voir Mme Lebrun.

Il frappa à la porte de sa chambre et entra après qu'elle eut répondu. Elle était toujours allongée.
– Excusez-moi, dit-elle à l'inspecteur. Je suis à bout de nerfs, j'ai des vertiges. J'ai dû m'étendre.
– Je vous en prie, cela se comprend. Ne vous levez pas, je serai bref.

Alors, selon une méthode qui lui était habituelle, l'inspecteur lui demanda sèchement et à brûle-pourpoint QUI était chez elle la veille au soir et POURQUOI elle avait dit n'avoir reçu personne. Elle ne parut pas troublée.
– Il est tout à fait possible que mon mari ait reçu quelqu'un, peut-être pour faire une partie d'échecs, peut-être pour boire un verre de cognac – il avait horreur de boire seul. Je me retire toujours dans ma chambre à huit heures. Lui veillait dans le salon. Il a pu téléphoner à

un ami après mon départ, ou avoir rendez-vous sans que je le sache.

– C'était dans ses habitudes de vous cacher les visites qu'il recevait ?

– Pas du tout, mais il ne pensait pas toujours à m'en parler. Peut-être m'avait-il dit qu'il attendait quelqu'un... sans que j'y aie prêté attention.

– Vous savez qui a pu venir ? Vous comprenez que c'est extrêmement important.

– Qui vous a dit que mon mari avait reçu quelqu'un ? demanda alors Mme Lebrun sans répondre à la question.

L'inspecteur hésita une seconde :

– On l'a vu entrer par la porte du fond du jardin.

– Vous savez donc qui c'était...

– Non, je ne le sais pas, mais je voudrais le savoir.

– Je l'ignore aussi...

– Qui pouvait passer par la porte du fond du jardin ? coupa l'inspecteur.

– Je ne sais pas exactement... certains familiers. Mon mari leur ouvrait cette porte pour éviter de déranger Mme Garcia le soir.

– Qui a pu venir ? insista l'inspecteur.

Pour la première fois, Mme Lebrun laissa percer un léger agacement.

– Je vous ai dit qui nous recevions... ce pouvait être un de nos amis bridgeurs, un membre du club de chasse de mon pauvre mari...

– Qui encore ?

– Je ne vois personne d'autre.

– Bien. Je vous remercie. Il me faudra interroger toutes ces personnes.

Dans sa tête, l'inspecteur se faisait deux remarques ; la première : Mme Lebrun parlait de plusieurs personnes passant le soir par la porte du fond du jardin, alors que Mercedes prétendait n'en avoir jamais vu qu'une (mais que valait ce témoignage de l'adolescente ?) ; la deuxième : Mme Lebrun n'avait pas cité le notaire Chirief, le seul dont avait parlé Mercedes.

L'inspecteur reprit la parole, adoucissant sa voix :

– Vous êtes fatiguée, madame, tâchez de dormir cette nuit.

– J'ai peur de ne pas y parvenir, même avec mes cachets... je suis très angoissée.

– Le brigadier Blachon restera dans la maison ; et un gendarme patrouillera sous vos fenêtres. Vous serez en parfaite sécurité. Il faut manger un peu, aussi. Vous ne voulez pas que Mme Garcia vienne vous faire un repas ?

– Non. Je veux rester seule. Je ne prendrai qu'un potage, je n'ai pas faim.

– Comme vous voudrez. À tout à l'heure, madame, je repasserai avant la nuit.

10

L'inspecteur Mignard ne chôma pas pendant cette fin d'après-midi. Aidé par l'adjudant de gendarmerie, il accomplit le prodige de contacter toutes les personnes citées par Mme Lebrun (il faut dire que le bourg n'était pas grand et qu'il trouva les membres de la société de chasse réunis dans l'arrière-salle d'un café). Tous... sauf le notaire Chirief qu'il se réservait de toute façon pour la fin.

Nul ne reconnut être allé à la villa Lebrun la veille du crime. Du reste, tous affirmèrent qu'ils ne voyaient que rarement le défunt docteur, et a fortiori la nuit. Seuls un joueur d'échecs et un chasseur admirent être allés parfois boire un verre le soir chez M. Lebrun, en passant par la porte du jardin.

Pour la plupart des personnes interrogées, le docteur Lebrun était un homme courtois et distingué, mais plutôt secret et parfois un peu froid. Aucun ne put se reconnaître comme un ami intime. Ils ne voyaient pas de motif de discorde entre lui et sa femme. Ils ne voyaient pas non plus qui aurait eu des raisons de lui nuire... Quant à l'histoire de M. de Fonjac, personne n'avouait ouvertement y croire, bien sûr ; cependant, ils disaient en hochant la tête : « Il faut reconnaître que par le passé, il est arrivé à Saint-Ancel des événements bien étranges, inexpliqués... et puis... ce signe... »

L'inspecteur avait encore le temps de s'intéresser à maître Chirief, celui qui, d'après la jeune Mercedes, venait le plus souvent voir le docteur, et dont, pourtant, Mme Lebrun n'avait pas cité le nom. Après avoir pris son adresse à la gendarmerie, il se rendit chez lui, tout en haut du village. Il tomba sur une sorte d'hôtel particulier isolé dont l'imposante façade donnait sur la rue. Une large plaque en bronze annonçait l'étude. Il sonna, mais personne ne répondit.

Il redescendit à la gendarmerie, perplexe, et interrogea l'adjudant.

– Vous le connaissez, ce maître Chirief ?

– Assez peu.

– Il exerce depuis longtemps dans le pays ?

– Oui et non. Il y a un autre notaire au village, un vieux Saint-Ancellois celui-là, à qui s'adressent de préférence les gens du coin. Ce maître Chirief ne traite plus guère d'affaires que pour des étrangers au pays. D'ailleurs, il ne passe à Saint-Ancel que quelques mois par an… Le reste du temps, il vit dans le midi.

– Riche ?

– Assez, apparemment. Il a payé très cher sa propriété. Il semble avoir fait fortune avant d'arriver au pays.

– Vous savez s'il voyait beaucoup les Lebrun ?

– Je ne sais pas.

– Si mes renseignements sont justes, il pourrait avoir rencontré le docteur mardi soir, la veille du crime.

– Ah…

– Et, si c'est vrai, il est curieux qu'il ne se

soit pas encore manifesté. Je viens de chez lui. J'ai sonné. Ça ne répond pas.

– Curieux, en effet.

– Je vais essayer d'en savoir plus sur lui avant de retourner le voir demain.

L'inspecteur téléphona à son collègue Martin du « Service des fiches » de la P.J. pour lui demander de lui fournir le maximum de renseignements sur maître Chirief.

– Un notaire, cela devrait être facile de me trouver ça.

– Peut-être oui, peut-être non. Une bonne piste ?

– Bonne, je ne sais pas. Mais la seule pour le moment. Fais vite, s'il te plaît.

L'inspecteur commençait à être fatigué. Il retourna à la villa Lebrun accompagné du gendarme Mercadier. Avant de trouver l'assassin, il fallait qu'il pense à veiller sur le cadavre comme l'avait demandé le maire avec tant d'insistance.

Il fit le tour des lieux et prit même la peine d'en faire un schéma sur son calepin. Au premier étage, la chambre du mort et la chambre de Mme Lebrun était séparées par une salle de bains et formait avec elle un fer à cheval autour de la cage d'escalier. De la salle de bains partait un petit escalier secondaire qui descendait vers une grande remise ouvrant sur le jardin. Les chambres avaient une porte donnant sur la mezzanine, toutes deux visibles du hall, et une autre porte donnant dans la salle de bains. Celle de la chambre verte comportait un lourd verrou qui ne pouvait s'ouvrir et se fermer que de l'intérieur. Toutes les fenêtres donnaient à la suite sur la même façade.

« Blachon se tiendra dans le hall, pensait-il. De là, il aura l'œil sur les deux portes donnant sur la mezzanine. Mercadier sera dans le jardin, au pied des trois fenêtres. »

L'inspecteur mit Mercadier à son poste. Puis, il entra avec le brigadier Blachon dans la chambre du mort. Mme Lebrun le veillait.

– Il est temps d'aller vous reposer, madame, lui dit l'inspecteur. Nous allons tout fermer avec le brigadier. Un autre gendarme monte la garde sous vos fenêtres.

Mme Lebrun s'éloigna en soupirant et regagna sa chambre. L'inspecteur ouvrit la fenêtre et héla Mercadier, appuyé contre un arbre. Blachon se pencha à son tour :

– Bon courage, Mercadier. Tu as un thermos de café, j'espère ?

– Y en aura besoin !

L'inspecteur referma fenêtre et volets ; puis il s'assura que le verrou de la porte donnant sur la salle de bains était bien tiré. Enfin, il se rendit vers le lit du mort et, comme pour vérifier qu'il était bien encore là, en souleva le drap.

– Pas beau à voir, souffla Blachon.

L'inspecteur remit le drap, puis sortit par la porte donnant sur la mezzanine ; Blachon ferma aussitôt à clé.

– Pas question de dormir ; pas question de quitter votre poste une seconde, dit alors l'inspecteur. Je l'ai dit à Mercadier. Ne communiquez qu'avec votre talkie-walkie.

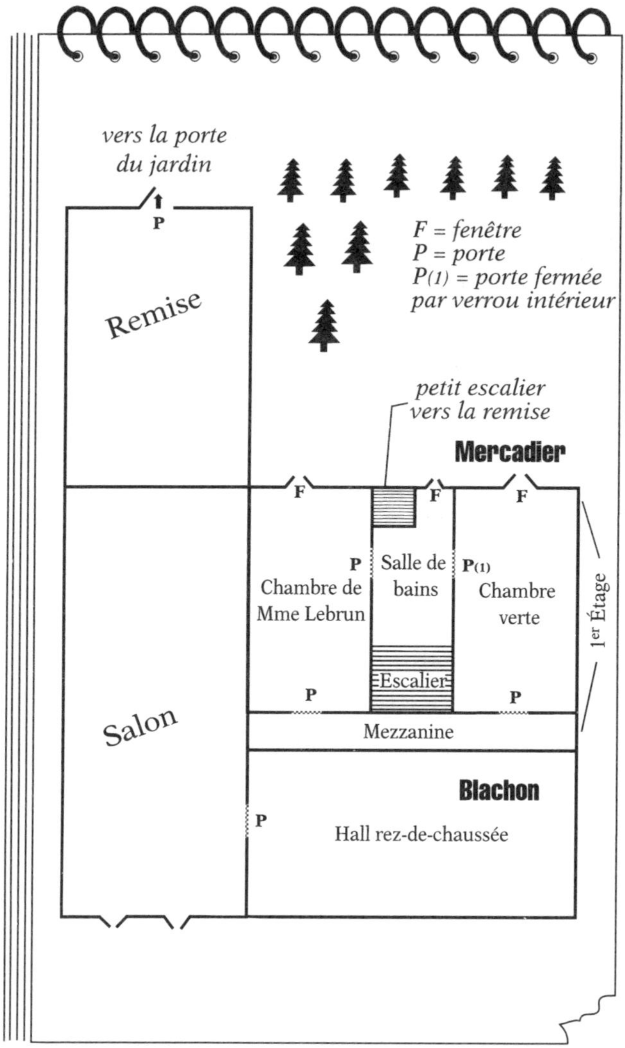

vers la porte du jardin
P
Remise
F = fenêtre
P = porte
P(1) = porte fermée par verrou intérieur
petit escalier vers la remise
Mercadier
F
F
F
P
Salle de bains
P(1)
Chambre de Mme Lebrun
Chambre verte
1er Étage
Escalier
P
P
Salon
Mezzanine
Blachon
P
Hall rez-de-chaussée

– Vous pouvez compter sur nous, inspecteur.

– Je résume : fenêtre et volets de la chambre du mort fermés, Mercadier en dessous ; porte qui donne dans la salle de bains verrouillée de l'intérieur ; personne ne peut l'ouvrir, que le mort ! L'autre porte, celle qui donne sur la mezzanine, fermée à clé et sous votre garde. Avec ça, si le cadavre bouge, je n'aurai plus qu'à croire au fantôme !

– Moi aussi, reprit Blachon avec un gros rire. Mais pas de souci à vous faire, monsieur l'inspecteur. Vous pouvez dormir tranquille.

Nestor aurait bien voulu monter la garde avec le brigadier Blachon, mais bien sûr, il n'en était pas question. Comme il s'étonnait que son oncle ne reste pas, ce dernier lui expliqua qu'il n'était plus de son âge de courir après les fantômes, et que deux gendarmes suffiraient bien.

– De toute façon, ces mesures de sécurité, c'est pour la galerie. Qui voudrait enlever le mort, et pourquoi ?

11

Dire que le brigadier Blachon était complètement rassuré lorsqu'à la tombée de la nuit l'inspecteur Mignard l'abandonna à son sort dans la maison Lebrun serait inexact. Non qu'il ait peur de ces histoires de fantômes ; mais, quoi qu'on se dise pour se rassurer, un assassin, tant qu'on ne sait pas QUI il est ni OÙ il est, on a toujours la vague peur qu'il revienne rôder sur les lieux de son crime...

Blachon savait que son collègue faisait les cent pas dans le parc, sous les fenêtres des chambres. De plus, il avait son revolver et, pour garder le moral, outre son thermos de café, quelques bouteilles de bière pour accompagner ses sandwichs.

« Au moindre problème, vous me téléphonez », avait dit l'inspecteur.

Le téléphone était à portée de sa main, à l'entrée du salon dont la porte donnait dans le hall. Tout était en ordre. Il n'y avait pas de souci à se faire. Juste à essayer de tuer le temps et à lutter contre le sommeil. Car l'inspecteur l'avait répété dix fois : pas question ni pour lui ni pour son collègue de fermer l'œil une minute, sinon...

Les heures passaient. Blachon s'enfonçait dans un fauteuil ou s'étendait sur le canapé. Dès qu'il sentait le sommeil le gagner, il se levait, mangeait un morceau, buvait une canette de bière ou une tasse de café selon l'humeur du moment, puis reprenait sa ronde.

De temps en temps, il communiquait avec son collègue à l'aide de son puissant talkie-walkie :

– Ça va ?

– Ça va.

– Pas trop froid ?

– Pas trop.

– T'as encore du café ?

– J'en ai, merci.

– Rien à signaler ?

– Rien.

– Quel métier !

– Tu peux le dire.

– À tout à l'heure.

– À tout à l'heure.

Et le silence retombait, qui pesait au brigadier Blachon. Seulement de loin en loin le craquement d'une latte de plancher, le bruissement des ailes d'un papillon de nuit, ou, dehors, le hululement d'un oiseau nocturne.

Douze coups sonnèrent au clocher du village, lentement égrainés...

– On en rigole, pensa Blachon, mais « Minuit, l'heure du crime », ça fait son petit effet quand on est en situation...

... Et il ne put s'empêcher de prendre son talkie-walkie pour parler quelques instants avec le gendarme Mercadier. Puis, de nouveau, le silence.

Les deux heures qui suivirent furent pénibles. Sommeil, ennui, et... toujours un brin d'appréhension. Il se tassait dans son fauteuil, puis se levait et marchait nerveusement. Il montait à l'étage, mettait son oreille à la porte de la chambre de Mme Lebrun... il pouvait entendre sa respiration rauque... ensuite il s'approchait de la porte mortuaire, attiré comme un papillon de nuit l'est par la lumière, comme s'il avait voulu entendre là aussi une respiration ! Il redescendait. Tout était immobile.

– Quel métier, soupira-t-il de nouveau. Et avec ça, je me demande quand l'inspecteur va me laisser un jour de congé !

À trois heures du matin, il mangea son dernier sandwich accompagné d'une tasse de café. Le moral revenait. Il n'avait plus sommeil. À quatre heures, il chantonnait *la Madelon* et se disait :

– Cette fois, je tiens le bon bout. C'est pas maintenant qu'il va se passer quelque chose. Du reste, qu'est-ce qu'il aurait bien pu se passer !

Il approcha un tabouret revêtu de tapisserie sur lequel il déplia soigneusement un journal ; puis il se cala dans son fauteuil et étendit ses jambes sur le tabouret ; et de nouveau il soupira :

– Cette fois, je tiens le bon bout.

C'est alors que, venant de l'étage, un hurlement déchira la nuit.

12

Le brigadier bondit sur ses pieds avec l'impression que son sang se glaçait et que son poil se hérissait. Le hurlement se prolongea ; il ressemblait à un ricanement plus qu'à un cri d'effroi ; il semblait nettement provenir de la chambre du mort...

– Quoi, qu'est-ce que c'est ? cria Blachon, comme pour repousser le cri par un autre cri. En même temps, il prenait son revolver à la main. Le hurlement cessa.

– Qu'est-ce que c'est ? répéta-t-il. Qui a crié ?

Il s'approcha de l'escalier qu'il se décida à grimper, lentement, marche par marche. Ses jambes flageolaient. Il regardait à droite, à gauche, mais rien ne bougeait. Le silence était retombé... on n'entendait plus que le crissement de ses semelles sur les marches de marbre. Il était oppressé. Il aurait presque préféré que le bruit reprenne.

– Pas possible... j'ai dû m'endormir... faire un cauchemar... murmura-t-il. C'est quand même pas Mercadier !

Il hésita à frapper à la porte de Mme Lebrun. Il y colla son oreille et crut y entendre bouger.

– Mme Lebrun ? Vous êtes là ? C'est vous qui avez crié ?

À son grand soulagement, la voix de la femme se fit entendre :

– Qu'est-ce qui se passe ?
– Tout va bien pour vous ?
– Oui... qu'est-ce que ce cri ?
– Je vais voir ; ne bougez pas.

Le brigadier s'approcha de la chambre mortuaire et cogna sur la porte.

– Il y a quelqu'un ?

Il sortit la clé de sa poche. Un instant, il eut envie d'aller chercher son collègue avant d'ouvrir, mais il se ravisa, ayant peur d'être ridicule. Il glissa la clé dans le trou de la serrure. De nouveau, il frappa.

– Qui a crié ? Qui est là ?

Il ne s'attendait pourtant pas à une réponse !

Alors, il fit tourner la clé dans la serrure, poussa précautionneusement la porte et appuya sur le bouton électrique. LE LIT ÉTAIT VIDE. Par terre, s'étalait le drap avec, tracé en rouge, le signe de Fonjac.

– Le cadavre a disparu ! hurla Blachon.

Il resta quelques secondes désorienté, tournant et retournant dans tous les sens ; bientôt, il se dit à lui-même :

« Attention, ce n'est pas le moment de perdre la tête. »

Il inspecta la pièce d'un rapide coup d'œil puis la traversa jusqu'à la porte donnant sur la salle de bains : le loquet était toujours verrouillé ! Il courut alors à la fenêtre et l'ouvrit. Mercadier était à son poste.

– Enfin ! cria ce dernier. J'essayais de t'avoir au talkie-walkie. Qu'est-ce que c'est que ce vacarme ?

– Le cadavre a disparu !

– Quoi !
– Tu n'as rien vu ?
– Rien. J'étais là. Qui a crié ?
– Je ne sais pas. Reste à ta place. Fais attention. Je téléphone à l'inspecteur.

Blachon se heurta à Mme Lebrun en robe de chambre, le visage blanc comme du plâtre.

– Mais qu'est-ce qu'il se passe ?

Sa voix tremblait.

– Le cadavre... enfin... votre mari... il n'est plus dans la chambre...

Mme Lebrun resta une seconde la bouche ouverte, puis brusquement se mit à hurler, presque hystérique :

– C'est impossible ! Téléphonez à l'inspecteur, tout de suite, tout de suite !

– Calmez-vous madame, ne put s'empêcher de lui lancer le brigadier. J'y allais justement.

Mme Lebrun, les yeux hagards, se précipita dans la chambre verte, tandis que le brigadier Blachon courait vers le téléphone.

Moins d'une demi-heure plus tard, c'était l'effervescence dans la maison. L'inspecteur Mignard était arrivé, les yeux aussi mal ouverts que sa chemise mal fermée. Nestor, réveillé le premier par le coup de téléphone, avait suivi. Mme Lebrun, effondrée dans un fauteuil, semblait hébétée. L'inspecteur, après avoir fait trois ou quatre fois le tour de la chambre verte, se faisait raconter les événements par le brigadier qui ne cessait de répéter :

– Je vous jure, inspecteur, je n'ai pas dormi,

et je n'ai pas quitté la porte des yeux... elle était fermée à double tour, et ça fait du bruit quand on l'ouvre, surtout la nuit... oui, j'ai tout de suite pensé à vérifier le verrou de la porte de la salle de bains : il était comme on l'avait laissé, verrouillé ; pas de doute, personne n'a pu ouvrir cette porte de l'extérieur ; et les volets aussi étaient fermés, et la fenêtre...

– Et moi, j'étais dessous, reprit le gendarme Mercadier. Je n'ai pas dormi non plus ; je venais juste d'allumer une cigarette quand ça a crié... c'est vous dire.

– Bon, alors expliquez-moi comment le cadavre est parti, demanda l'inspecteur exaspéré.

– On n'explique pas, soupira Blachon... qui finit par suggérer : à moins qu'il y ait une porte cachée dans les murs... ou dans le plafond.

– Les passages secrets, ça n'existe que dans les châteaux du Moyen Âge ou dans les romans d'Arsène Lupin ! Enfin, on fera sonder les murs... En attendant, commanda l'inspecteur, faites-moi le tour de la maison, en commençant par les alentours de la chambre. Fouillez tout, tous les coins et recoins. Et RAMENEZ-MOI CE CADAVRE... MORT OU VIF... si je puis dire !

Nestor descendait l'escalier.

– Vous avez regardé sous le lit ? demanda-t-il à la cantonade.

Personne ne répondit.

– Moi, j'ai regardé ! annonça-t-il triomphalement.

– Et alors ? lança l'inspecteur soudain soulevé d'un fol espoir, mais vexé de n'avoir pas songé à faire une vérification aussi simple.

– Alors... il n'y a rien ni personne. Mais tel qu'est le lit, il aurait pu...

– Il aurait pu ! Ça nous avance bien de savoir qu'il aurait pu !

13

L'inspecteur appréhendait de rencontrer le maire. Cependant, il ne put l'éviter à la gendarmerie où il était en conférence avec l'adjudant. L'attaque étant la meilleure des défenses, avant que le maire ait pu ouvrir la bouche, il se lança dans une vaste diatribe contre « ce pays de fous où rien ne se passait comme ailleurs ».

– Ici, c'est aux cadavres qu'il faudrait passer les menottes ! criait-il.

Attaque victorieuse, puisque loin de faire des reproches à l'inspecteur, c'est tout juste si le maire ne s'excusa pas de la disparition du mort. Radouci, l'inspecteur tomba d'accord avec le maire et l'adjudant sur le fait qu'il était urgent que l'enquête aboutisse à des résultats sous peine de voir tout le pays en révolution.

À la porte de la gendarmerie, la foule se pressait et, devant elle, une dizaine de journalistes. L'inspecteur les envoya paître par un vigoureux :

– L'assassin n'a laissé aucune trace. La victime non plus ! C'est tout ce que j'ai à vous dire.

Ce n'est pas non plus de gaieté de cœur qu'il téléphona au commissaire Vrin, mais il fallait y passer...

– Allô, patron ? C'est Mignard.

– Ce cher Mignard ! Quoi de neuf ? Un cadavre de plus à Saint-Ancel ?

– Non. Un de moins.

– Je croyais qu'on ne plaisantait pas en service, Mignard...

– Je ne plaisante pas. Le cadavre du docteur Lebrun a disparu cette nuit. À quatre heures du matin exactement. Avec, paraît-il, un hurlement d'enfer.

– Et vous n'auriez pas pu le faire garder ? répliqua sèchement le commissaire.

– Parce que vous croyez que je ne l'ai pas fait ! cria l'inspecteur hors de lui. Une chambre impénétrable, un gendarme devant la porte, un sous la fenêtre, c'était pas assez ? J'aurais dû faire intervenir l'armée ? l'aviation ? la marine ? un hélicoptère au-dessus de la maison, un sous-marin dans la baignoire, un char d'assaut dans le hall, une compagnie d'artillerie dans le parc, et un régiment d'infanterie dans les couloirs ? Tout ça pour empêcher un macchabée de s'envoler ?

Le commissaire ne put que battre en retraite devant un tel déploiement de forces :

– C'est bien, je n'ai rien dit. Mais au fait, c'est plutôt une bonne nouvelle, cette disparition du corps.

– Vous trouvez ?

– Bien sûr, mon cher Mignard. Le cadavre, vous allez le retrouver. Et en le retrouvant, vous aurez du même coup une piste qui vous mènera à l'assassin.

– Évidemment, vu sous cet angle... Mais pour retrouver le corps, j'ai d'abord besoin d'un spécialiste pour sonder les murs et le plafond.

– Vous saurez bien le faire vous-même.

– Dans le cas présent, je vous assure que ça dépasse mes compétences.

– Alors c'est entendu ; je vous envoie quelqu'un.

– Par hélicoptère. Ça urge.

– C'est ça. Bon courage, mon très cher Mignard. Et sachez que vous avez toute ma confiance.

Savoir qu'il aurait bientôt un spécialiste sur qui s'appuyer pour expliquer la disparition du cadavre calma un peu l'inspecteur.

En compagnie de Nestor, il alla s'offrir un solide petit déjeuner au café du village, puis revint procéder à ces sempiternels interrogatoires qui sont la base de toute enquête.

Sur les événements de la nuit, il posa toutes les questions possibles et imaginables à Blachon, puis à Mercadier, puis à Mme Lebrun : il n'apprit rien qui pût le mettre sur la plus minuscule des pistes. Chacun ne fit que répéter ce qui lui avait été dit pendant la nuit.

Nestor, de son côté, jugea indispensable d'aller demander à Mercedes si elle n'avait rien vu ni rien entendu. Cette fois, il ne ramena rien d'intéressant, sinon un rendez-vous avec son interlocutrice pour aller au cinéma le soir même à Saint-Ancel, où un film était projeté une fois par semaine à la salle des fêtes. Et pas n'importe quel film : *Un cadavre dans le brouillard...*

À midi, l'inspecteur ne mangea pas de bon appétit. Il était énervé ; il se sentait seul, désarmé en face du mystère. C'est un Nestor en pleine forme qui lui remonta le moral.

– Pourquoi tu te fais de la bile ? C'est passionnant, moi, je trouve...

– Parle pour toi ! Tu prends les choses comme s'il s'agissait d'un film de vampires...

– C'est bien mieux qu'un film de vampires !

14

L'inspecteur aurait voulu trouver un indice avant l'arrivée du diplômé « ès passages secrets ».

– Il y a nécessairement une explication rationnelle, rabâchait-il tout au long du chemin qui le menait à la villa Lebrun, nécessairement.

– Il faut s'inspirer du *Mystère de la chambre jaune,* suggérait Nestor, grand lecteur de Gaston Leroux, à part que pour nous, elle est verte.

– Et à part que dans *la Chambre jaune,* après le cri, l'assassin n'est pas là, mais la victime, si. Dans notre chambre verte, c'est la victime qu'on ne trouve plus.

– Dans *la Chambre jaune,* les gens croient qu'il y avait dans la chambre quelqu'un qui n'y avait jamais été.

– Parce que tu penses que le cadavre n'a jamais été dans la chambre verte ?

– Non. Ce n'est pas ce que je voulais dire…

L'inspecteur avait interrogé assez de témoins ; il voulait maintenant visualiser la scène, pour comprendre. Il fit entrer et sortir Nestor de la chambre mortuaire, il le fit passer par la fenêtre, sauter dans le parc, regrimper le long du mur. Il observa, du dedans de la chambre d'abord, puis du hall d'entrée, puis du parc… Il lui demanda de se rendre dans la salle de bains et d'essayer de forcer la porte, de la secouer... puis il échangea les rôles. Il le fit descendre dans le hall, à la place où devait se tenir le brigadier Blachon, et entra doucement dans la chambre verte.

– Suppose que tu somnoles, ou que tu regardes ailleurs...

– Pour ne pas te voir, il faudrait vraiment que je sois miro, ou que je dorme comme un loir, et encore, un loir qu'on a chloroformé.

– Or le brigadier n'a pas dormi, il l'affirme, et je n'ai aucune raison de ne pas le croire.

L'inspecteur demanda à Nestor de pousser un hurlement de l'intérieur de la chambre mortuaire, monta comme l'avait fait Blachon...

Il attendait une illumination... elle ne venait pas.

– Tu sais ce que je pense ? dit à un moment Nestor. Pendant que tu cherches comment le cadavre a disparu, tu ne cherches pas qui est l'assassin.

L'inspecteur ne répondit pas ; en son for intérieur, il trouva que la remarque de son filleul n'était pas dénuée de fondement. Mais tout de même, il était exaspérant, ce mort qui leur avait faussé compagnie. Il fallait absolument le retrouver. Hélas, les fouilles entreprises tant dans la maison qu'à l'extérieur n'avaient rien donné.

Remonté dans la chambre verte, Nestor se glissa sous le lit et appela son parrain redescendu dans le hall.

– Tu es où ? cria ce dernier en entrant dans la chambre.

Nestor ne répondit pas.

– Nestor ? répéta l'inspecteur.

– Sous le lit, claironna le garçon en refaisant surface. Tu ne m'as pas vu, et tu n'as pas songé à regarder sous le lit.

– Tu y tiens, à ce lit...

– Tu ne m'as pas vu, répéta Nestor. Donc le cadavre pouvait très bien être SOUS le lit quand Blachon est monté.

– Le problème reste entier. Qui l'aurait mis là alors qu'il était SUR le lit quand j'ai fermé la chambre de mes mains et que les gendarmes ont pris leur faction ? De plus, un cadavre, ça ne se manie pas facilement. Entre le cri et l'arrivée de Blachon, il ne s'est pas passé deux minutes.

– Écoute, reprit Nestor, tout le monde a l'air de croire que le cadavre a disparu au moment du cri, à quatre heures du matin. Mais qu'est-ce qui le prouve ? Il a pu être enlevé... ou caché bien avant. Et le cri peut avoir eu pour rôle de tromper le monde...

– Bravo fiston, remarquable ! Figure-toi quand même que j'y avais songé. Le problème, je le répète, c'est que ÇA NE CHANGE RIEN. Avant le cri ou au moment du cri, il faut bien que quelqu'un soit entré dans la chambre et en ait sorti le cadavre.

– Et APRÈS le cri ?

– Après ? Blachon est monté tout de suite. Le cadavre n'y était plus.

Nestor réfléchissait... il murmura :

– C'est vrai, ça ne marche pas, je n'y comprends rien... pourtant... Puis, il demanda brusquement : mon tee-shirt est sale ?

– Non, pas vraiment, pourquoi ?

– Tu ne trouves pas ça drôle ? D'habitude, il y a de la poussière sous les lits.

– Pas nécessairement dans les chambres inoccupées, comme c'était le cas de celle-ci. Mme Lebrun tient sa maison propre. Pas un grain de poussière où que ce soit... Mais tu as raison, poussons le lit.

Le lit déplacé laissait une zone pratiquement aussi nette que le reste de la pièce. L'inspecteur se pencha, tira de sa poche une carte de visite dont il se servit comme d'une pelle et poussa dessus quelques minuscules granules.

– Curieux, ça ressemble plus à des grains de terre qu'à des grains de poussière. Ça n'avance pas à grand-chose, mais je ferai quand même analyser ça. Après tout, même si on ne voit pas où elle peut mener, ton idée de « sous le lit » est peut-être à creuser.

– Normal de creuser, si c'est de la terre ! conclut Nestor.

15

Au début de l'après-midi, le spécialiste des murs creux sonnait au portail des Lebrun. Mme Garcia lui ouvrit. L'inspecteur Mignard l'attendait dans la maison.

– Vous avez fait vite, lui dit l'inspecteur en le saluant.

– Il paraît que vous étiez pressé... Alors, où sont ces murs pivotants, passages secrets, trappes et oubliettes ?

– Au premier étage.

– Au premier étage ? Ça commence mal. Il est rare qu'on trouve ce genre de gadgets en étage. Au fait, l'actuel propriétaire n'est là que depuis un an, je crois ?

– Exact.

– Et ce sont les précédents propriétaires, des gens paisibles, qui ont fait construire la maison...

– Vous êtes bien renseigné.

– Or, il n'y a pas eu de travaux importants dans la maison depuis que les... les...

– Les Lebrun.

– ... depuis que les Lebrun habitent la maison...

– Je ne sais pas.

– Moi, je sais. J'ai interrogé la concierge au passage. Il n'y en a pas eu. Cher inspecteur, j'ai peur de vous décevoir, mais je parierais dix contre un que les murs de cette maison n'ont rien à voir avec un fromage de gruyère.

L'inspecteur introduisit son homme dans la chambre verte. Ce dernier ouvrit sa mallette qui aurait pu faire de lui un chercheur de trésor, un détecteur de mines, ou un contrôleur de rayons radioactifs.

Moins de trois quarts d'heure après, il retrouvait l'inspecteur Mignard dans le hall.

– Inspecteur, vous pouvez abandonner la piste « maison truquée » : pas le moindre passage, pas la moindre cachette ni dans les murs, ni dans le plafond, ni dans le plancher. Par acquit de conscience, je suis passé aussi dans la salle de bains et même dans la chambre de Mme Lebrun. Rien.

– C'est une certitude ?

– À cent pour cent. Si quelqu'un est entré ou sorti de cette chambre pendant votre nuit cabalistique, il est passé par la porte, comme tout le monde. Par la fenêtre à la rigueur.

– Comme tout le monde, soupira l'inspecteur. Je commence à croire que ce quelqu'un n'est pas comme tout le monde.

Peu après le départ du sondeur de murs, Martin téléphona à l'inspecteur.

– Alors, vous avez trouvé quelque chose ? demanda ce dernier.

– Oui... ta piste Chirief n'est peut-être pas sans intérêt. Il ne semble pas complètement clair, le bonhomme...

– Explique...

– Il a exercé longtemps à Vézélise.

– Vézélise ? C'est où, ça ?

– En Lorraine.

– Tiens, c'est de là que vient le docteur Lebrun... Curieux... Le docteur Lebrun, c'est le mort...

– J'avais compris. Il semble que ton Chirief ait trafiqué dans des opérations immobilières aussi juteuses que douteuses. Il a même eu maille à partir avec la justice, c'est comme ça qu'on a trouvé facilement sa trace.

– Intéressant...

– En plus, il a été le conseiller d'une secte religieuse plutôt louche. Il a négocié pour leur compte l'achat d'un château sis dans plus de mille hectares de parc, une affaire de plusieurs dizaines de millions de nouveaux francs. Voilà tout ce que je sais pour le moment. Je m'en tiens là ?

– Non. Recherche si, à l'époque, le docteur Lebrun a eu quelques rapports avec cette secte, ou avec le notaire.

– Si tu veux ; mais ça risque de demander un peu de temps.

– Fais au mieux. Salut.

– Salut. Au fait, tu trouves le temps de pêcher ?

– Non. Les gardons ne risquent rien pour le moment. Mais ils ne perdent rien pour attendre !

L'inspecteur voulait au plus tôt rencontrer ce maître Chirief. Il retourna à sa maison, mais, comme la veille, la trouva fermée. Sans conviction, il tenta de faire son numéro de téléphone qu'il avait pris dans l'annuaire : comme il s'y attendait, personne ne répondit.

Il interrogea les habitants les plus proches, mais il n'en apprit pas grand-chose : ils le connaissaient peu et ne savaient rien de ses allées et venues. Seul le patron du tabac-journaux lui fournit quelques renseignements.

– Oui, il réside à Saint-Ancel en ce moment. Il vient tous les jours acheter son journal mais il ne s'arrête pas. « Bonjour bonsoir », c'est tout. On dit qu'il est très riche, et qu'il ne travaille plus. Apparemment, il vit seul ; pas de secrétaire. Une femme vient un jour par semaine faire son ménage et ses courses.

– Vous la connaissez ?

– Je connaissais celle qui venait avant ; elle est morte. Je ne sais pas qui l'a remplacée. Je sais seulement qu'elle y va le lundi.

– Il est venu chez vous ce matin ?

– Non. Voyons, nous sommes mercredi... je ne l'ai pas vu depuis lundi.

– Depuis lundi, et le crime a été commis lundi soir, murmura l'inspecteur pour lui-même.

Il rappela illico son collègue de Paris.

– Pas moyen de mettre la main sur Chirief. Ça ne m'étonnerait pas qu'il ait décampé. Lance un appel. Essaye de savoir s'il a pris un avion, passé une frontière. Dès que tu sais quelque chose, téléphone-moi.

L'inspecteur brûlait d'envie de forcer la porte de maître Chirief. Pour cela, il lui fallait une autorisation de perquisitionner émanant du procureur de la République. Il confia à l'adjudant le soin de la lui obtenir, puis, sans attendre la réponse, il prit le trousseau de passe-partout. (Si l'autorisation de perquisitionner était accordée, ce dont il ne doutait pas, il aurait gagné du temps ; si elle ne l'était pas... le travail serait fait quand même !)

Nestor aurait voulu l'accompagner, mais il s'y opposa fermement :

– Mon intrusion ne sera déjà pas légale, alors, la tienne !

Grand habitué des serrures en tout genre, il n'eut pas de mal à ouvrir la porte principale qu'à sa grande surprise il ne trouva que superficiellement verrouillée. Alors, muni de sa lampe électrique, il se glissa à l'intérieur.

Il découvrit le hall d'une maison bourgeoise. Il fut frappé par le nombre de statuettes insolites qui l'ornaient, sans doute des représentations de divinités qui lui semblèrent tenir aussi bien de l'aztèque que de l'hindou.

Bientôt, il crut entendre le glougloutement d'un écoulement d'eau. Il traversa un petit couloir et arriva devant la porte d'où provenait le bruit. Elle ouvrait sur une salle de bains. Il en fit faire le tour au faisceau de sa lampe : ce qu'il vit lui glaça le sang :

– Bon Dieu, murmura-t-il, j'aurais dû m'en douter !

16

Retourné dans le hall, l'inspecteur ne put s'empêcher d'extirper une bouteille de whisky d'un petit placard vitré et de s'en offrir un verre. Ayant ainsi repris ses esprits, il saisit le téléphone du notaire et, une fois de plus, composa le numéro de la P. J. de Paris. Il voulait avoir son collègue Martin, mais il était absent. Il se fit donc passer le commissaire Vrin.

– C'est encore moi, patron, excusez...

– Mais c'est toujours un plaisir de vous avoir, Mignard.

– Je voulais Martin, au sujet de maître Chirief... si vous êtes au courant...

– Oui, il m'a expliqué... il le recherche.

– Eh bien, dites-lui que ce n'est plus la peine. Je l'ai retrouvé.

– Bravo, Mignard. Vous l'avez interrogé ?

– C'est un peu tard. Il est mort.

– Mort... vous ne voulez pas dire...

– Si, je veux dire : assassiné, à moins qu'il ne se soit suicidé en se flanquant des coups de hache dans la figure... mais ça m'étonnerait...

– Diable, ça commence à faire beaucoup... et... encore des coups de hache...

– Oui, comme d'habitude... si je puis dire ! Des coups de hache dans la figure... la routine, quoi... Mais cette fois, la hache est restée sur place...

– Ah... c'est peut-être que l'assassin n'a

plus l'intention de s'en servir... ça serait déjà quelque chose, remarqua laconiquement le commissaire. Au fait, vous êtes sûr qu'il s'agit bien de votre maître Chirief ?

– Qui voulez-vous que ce soit d'autre ? De toute façon, il n'y a que l'autopsie qui pourra le dire. Il a le visage en bouillie.

– Et vous l'avez trouvé comme Lebrun, dans sa cuisine ?

– Non, il y a une variante... une petite fantaisie... je l'ai trouvé TOUT HABILLÉ DANS SA BAIGNOIRE REMPLIE D'EAU. Le robinet coulait encore, un filet qui se vidait par le trop plein. On a dû le noyer avant de lui administrer ces fameux coups de hache.

– Charmant... et... cette chose... ce signe...

– Partout, évidemment, partout dans la salle de bains, le signe de Fonjac.

– Dites donc, Mignard, il commence à être temps de savoir qui est derrière tout ça...

– Mais je le sais, commissaire, je le sais.

– Très bien, Mignard... et de qui s'agit-il ?

– Mais d'un fantôme, bien sûr, enfin, DU fantôme. Pas de traces d'effraction chez le notaire, pas plus que chez les Lebrun. Les assassins, les cadavres, tout le monde à Saint-Ancel passe À TRAVERS les murs, déclara l'inspecteur d'un ton sarcastique.

– Mon cher Mignard, vous êtes sûrement fatigué... remettez-vous, et reprenez tout ça calmement par le début. Plus les explications semblent hors de portée de l'entendement, plus elles apparaissent évidentes quand on les a trouvées.

– Comme vous dites, « quand on les a trouvées ».

– Et si vous avez encore besoin de quelqu'un pour un coup de main, n'hésitez pas…

– Justement, patron, j'ai besoin de quelqu'un.

– Dites-moi tout, Mignard. De qui ?

– D'un exorciste, d'une cartomancienne, d'une voyante, d'un gourou, d'un devin, d'un sorcier, enfin, de quelqu'un qui ait l'habitude des esprits, ce qui n'est pas mon cas.

– Toujours le mot pour rire, ce cher Mignard. Allez, bon courage. Vous allez nous débrouiller tout ça en cinq sec… j'en suis sûr. Et cette fois, attention…

– Attention à quoi ?

– À ce que le cadavre ne s'envole pas.

L'inspecteur avait l'intention de se payer un deuxième whisky sur le compte du mort, qui ne pourrait pas lui en vouloir… Il se dirigeait vers le petit placard quand il tomba sur Nestor.

– Toi ? Je t'avais défendu…

– Tu ne revenais pas… j'étais inquiet…

– Je vais bien, comme tu peux le voir.

– T'as trouvé quelque chose ?

– Oui. Un mort.

– Non ?

– Si. Maître Chirief est la troisième victime.

– Y chôme pas, le fantôme…

– Comme tu dis.

– Où il est ?

– Qui ? Le fantôme ou le mort ?

– Le mort !

– Dans la salle de bains.

– C'est où ?

– La porte qui donne dans le couloir, là, au bout du hall.

– Je peux aller voir ?

– Non.

– Juste une seconde...

Et Nestor s'élança avant que son parrain n'ait le temps de réagir. Ce dernier soupira, et décrocha le téléphone pour prévenir la gendarmerie.

Nestor resta un bon moment à contempler le cadavre aux trois quarts enfoncé dans l'eau. Défiguré par les coups de hache – une hache qui gisait au pied de la baignoire –, bouffi par l'eau, il n'avait plus apparence humaine. Les pans de sa veste flottaient à quelques centimètres de la surface, encadrant une chemise blanche et une cravate, qui, elle, ondulait comme une anguille au gré des mouvements de l'eau. Un de ses bras était immergé, l'autre pendait à l'extérieur de la baignoire.

« On dirait Marat, pensa-t-il, à part que Marat était à poil dans son bain quand on l'a assassiné ! »

Il remarqua la montre, comme sur le cadavre du docteur Lebrun :

« Une chance, elle n'est pas dans l'eau... elle est belle ! » C'était une grosse montre en or, voyante. « C'est curieux, se dit-il alors, il la porte au bras droit... »

Il s'intéressa ensuite au signe de Fonjac tracé en plusieurs exemplaires sur la glace, sur le sol carrelé et sur la baignoire elle-même.

« Drôle de couleur pour du sang », se dit-il.

Il regarda de plus près et s'aperçut que les croix avaient été tracées, non avec du sang, mais avec de la peinture.

Devant la maison, l'inspecteur Mignard se heurta à une horde de journalistes en quête de nouvelles fraîches. Pour une fois, il ne les déçut pas... Il répondit à toutes leurs questions – faisant quand même semblant de ne pas entendre celui qui lui demandait :

– Pourquoi êtes-vous entré dans la maison du notaire ?

Un quart d'heure plus tard, tout le village connaissait le nouveau crime. L'inspecteur s'attendait à une émeute et n'aurait pas été étonné de voir des barricades s'ériger dans les rues. Mais apparemment, le village était calme. Il en fit la remarque au maire.

– Peut-être les gens pensent-ils qu'après une série de trois crimes, ils peuvent dormir tranquilles, lui répondit-il.

– Vous-même, monsieur le maire, vous semblez rassuré...

– Je le suis un peu, en effet.

L'inspecteur se tut quelques secondes, puis explosa :

– Mais vous vous rendez compte que de cette façon, vous accréditez la thèse de votre fantôme de je ne sais quoi !

Le maire se contenta de hausser les épaules, et l'inspecteur s'éloigna en soupirant une fois de plus :

– Quel étrange pays !

À la gendarmerie, la première chose qu'il demanda à l'adjudant fut le nom de la femme qui allait faire le ménage chez le défunt Chirief.

– Je ne le sais pas, lui répondit-il. Mais renseignez-vous à l'épicerie-bazar de la place, on vous le donnera tout de suite.

Il s'y rendit, avec l'intention d'en profiter pour acheter un savon à barbe qui lui manquait. La patronne ne fit aucune difficulté pour répondre à sa question.

– La femme qui fait le ménage chez ce monsieur Chirief, enfin, qui faisait... ? C'est Mme Garcia, la concierge de chez les Lebrun. Mais dites donc, ajouta-t-elle alors, c'est vrai, ça, j'avais pas réalisé... elle a pas de chance, Mme Garcia, tous ses patrons assassinés les uns après les autres !

17

« Cravate ou pas cravate ? » se demandait Nestor planté devant sa glace, en pleine préparation pour son rendez-vous cinématographique du soir. Sourd aux remarques de ses copains qui le traitaient de ringard, il ne reculait pas, en effet, devant l'utilisation de cet accessoire en certaines occasions rares : celle-là en était une. « Cravate », décida-t-il enfin, cédant au charme du jaune vif de celle qu'il faisait pendre sous son menton.

– J'espère que le phare de la bicyclette marche, lui lança son parrain au moment du départ. Et n'oublie pas de prendre mes pinces à vélo si tu ne veux pas mettre de cambouis sur ton pantalon...

– Les pinces à vélo, ça fait 1930 ! On n'en voit plus que dans les films en noir et blanc !

– Ça tombe bien, le vélo est de cette époque.

Il était en sueur quand il arriva à la villa Lebrun. Comme convenu, il ne sonna pas, mais attendit Mercedes devant le portail, ce qui lui donna le temps de se laisser un peu rafraîchir par la brise.

– Tu sais que maître Chirief a été assassiné, lui aussi, dit-il dès qu'elle l'eut rejoint.

– Bien sûr ! Tout le monde en parle.

– Tu ne m'avais pas dit que ta mère... enfin, que Mme Garcia, allait faire le ménage chez lui...

– J'y ai pas pensé. Et puis... j'aime pas en parler, qu'elle fait des ménages. Moi, c'est sûrement pas ce que je ferai plus tard.
– Y a pas de sots métiers, comme on dit.
– Pour moi, si.

Le film, *Un cadavre dans le brouillard,* les enthousiasma l'un et l'autre.
– Si tu n'avais pas été là, je ne serais sûrement pas allée le voir, disait Mercedes à la sortie. J'y aurais drôlement perdu.
– Et si tu n'avais pas été là, le film n'aurait pas eu pour moi le même... la même...
Nestor resta la bouche ouverte, vexé de ne pas trouver le mot pour achever sa phrase au moment précis où il s'exerçait à un discours galant.
– Pas la même quoi ? reprit Mercedes d'un ton moqueur, cachant qu'au fond, elle était plutôt flattée.
– Pas la même intensité, voilà, il ne m'aurait pas touché de la même façon, si tu veux...
Ni l'un ni l'autre n'étaient pressés de rentrer, bien que l'un et l'autre aient reçu la même consigne : ne pas traîner après le film. Ils marchaient lentement dans la rue, Nestor tenant son vélo de la main droite et se demandant avec anxiété s'il allait avoir le courage de poser la gauche sur l'épaule de son amie – question qu'il s'était posée durant tout le film ! Ils arrivèrent à une allée plantée d'arbres et parsemée de bancs publics. D'un accord aussi commun que tacite, ils en choisirent un que le feuillage épais d'un platane protégeait courtoisement de la lumière du réverbère voisin, et s'assirent.

Dans le ciel, la lune était pâle sous un voile de nuages. Il ne faisait pas froid. Ils étaient bien.

Quand ils prirent le chemin du retour, une demi-heure plus tard, leurs deux corps, côte à côte, occupaient nettement moins d'espace qu'à l'aller. Nestor accompagna Mercedes jusqu'à la villa. Elle ouvrit le portail dont elle avait pris la clé.

– Tu rentres avec moi ? On va faire un tour dans le parc ?

– D'accord.

Ils s'enfoncèrent dans les allées, jouant à se faire peur dans une nuit qui était noire maintenant.

– Tu veux voir la voiture des Lebrun ? Elle est super chouette.

– C'est quoi ? Une Rolls-Royce ?

– J'sais pas, mais elle est chouette.

– Elle est pas dans le garage ?

– Ces derniers jours, elle était tout le temps dehors. Très sale, du reste, pleine de cacas d'oiseaux ; dommage pour une voiture pareille. Maintenant, elle est au garage.

– On ne va pas entrer dans le garage !

– Ça risque rien ; il fait partie des écuries, pas de la maison elle-même. Et je sais où la clé est cachée.

Ils arrivèrent devant les communs ; Mercedes souleva un pot de fleurs qui se trouvait dans une anfractuosité du mur.

– Ça va, la clé est toujours là.

La porte du garage, bien huilée, s'ouvrit sans bruit. Mercedes éclaira la pièce.

– Tu es folle, dit Nestor, tu vas nous faire repérer !

– Ça risque rien, je te dis ; et même... on peut toujours raconter n'importe quoi...

Entre les murs de pierres mal taillées reposait une immense et magnifique limousine noire.

– C'est une Bentley, dit Nestor. Pas une Rolls, mais presque ! Mais dis donc, elle est pas sale du tout, au contraire, elle reluit...

– Tiens, c'est vrai. Bizarre, je me demande quand il l'a nettoyée. Viens voir, pour rigoler, je lui ai fichu un petit autocollant « J'❤ les baleines », la semaine dernière.

Ils passèrent derrière la voiture.

– Ça alors ! Il n'y est plus... constata Mercedes.

– Il a dû le voir en lavant la voiture.

– Il était là... mais attends, je l'avais mis à côté de la plaque F ; elle n'y est plus, elle non plus !

– F qui veut dire France ?

– Oui. Une plaque métallique.

– Curieux. Ces plaques sont obligatoires quand on va à l'étranger ; on comprend qu'on la rajoute quand on ne l'a pas, mais pourquoi l'enlever ? Et puis on ne voit pas de traces... Tu es sûre que c'est la voiture du docteur Lebrun ?

– Évidemment, à qui tu veux que ce soit !

– Tu connaissais le numéro minéralogique ?

– Non.

– Dommage.

18

L'inspecteur Mignard méditait.

Il était retourné voir Mme Garcia, la seule personne qui constituait un lien entre les Lebrun et Chirief, la seule qui aurait pu s'introduire chez l'un comme chez l'autre sans effraction, ou aider quelqu'un à s'y introduire. Mais rien dans ses déclarations ne laissait la place à un soupçon sérieux. Un hasard, certainement, si elle avait servi dans les deux maisons.

Oui, l'inspecteur Mignard méditait.

« Tout reprendre à la base. Chercher le lien entre les trois crimes. Il y en a forcément un – le signe de Fonjac en est la preuve, même s'il n'est là que pour tromper. L'œuvre d'un fou. C'est l'hypothèse la plus plausible. Pas d'autre mobile à ces crimes que la folie. Un détraqué qui se prend peut-être pour le descendant des Fonjac. Chercher dans ce sens. Un homme du pays. Un mythomane, un psychopathe ou quelque chose comme ça. Habile sûrement, mais qui ne résistera pas au désir de se manifester de nouveau d'une façon ou d'une autre, même s'il ne commet pas d'autre crime. Oui, tout reprendre au départ, et pour ça, réinterroger le clochard dans sa prison. En même temps, faire faire des battues aux alentours pour retrouver le cadavre Lebrun ; sonder la rivière aussi – après tout, d'après leur légende, c'est dans une rivière qu'on a jeté le fils Fonjac. Et faire autopsier au plus vite le corps de Chirief. »

Réconforté de s'être ainsi donné un programme d'action, l'inspecteur se rendit à son P.C. de la gendarmerie. De là, il donna les instructions pour faire transporter le cadavre du notaire à la morgue et prévenir le médecin légiste. Avec l'adjudant, il mit en place les équipes qui devraient fouiller bois, bosquets et taillis des environs, et celles qui dragueraient la rivière. Puis, il monta dans sa Ford pour se rendre à Guéret où était détenu le « clochard n° 2 », celui qui s'était battu avec Léonard le jour de sa mort.

Il y rencontra justement l'avocat qui avait été commis d'office à la défense de l'inculpé.

– Bonjour, inspecteur, vous tombez bien. Il y a du nouveau.

– Du nouveau ? Quel genre de nouveau ?

– Mon client est revenu sur ses aveux. Il n'a rien à voir avec la mort de ce Léonard.

– Qu'est-ce que vous me chantez là ? C'est vous qui l'avez influencé...

– Pas du tout. Il me dit que le soir de son arrestation, les gendarmes l'ont interrogé pendant plus de deux heures, qu'il en avait assez, qu'il avait surtout envie de dormir – pour lui, que ce soit en prison ou ailleurs, c'était pareil – et qu'il a dit n'importe quoi pour avoir la paix. Vous savez, c'est un pauvre homme, sûrement un peu simplet, influençable...

– Ouais, grommela l'inspecteur, je vais voir ça moi-même. Je vais lui parler.

Le « clochard n° 2 » ne fit que lui répéter ce

qu'avait rapporté l'avocat. Il reconnaissait avoir rencontré Léonard l'après-midi de sa mort et avoir bu du vin avec lui. Il reconnaissait s'être disputé au sujet de trois sous que Léonard lui aurait empruntés quelque temps auparavant et qu'il refusait de lui rendre, et même en être venu aux mains...

– On était déjà un peu saouls tous les deux, faut dire ; mais après, on s'est calmés ; je l'ai laissé ; il roupillait à moitié, je crois bien... et c'est tout.

« Pas si simplet que ça, le clochard, se disait l'inspecteur sur le chemin du retour ; plutôt rusé, même. En tout cas, s'il dit vrai, ça m'oblige à prendre ce crime aussi au sérieux que les autres. Est-ce vraiment par Léonard qu'aurait commencé notre malade mental ? »

L'inspecteur demanda à l'adjudant de gendarmerie de passer au crible tous les habitants du bourg, et de lui signaler tous ceux qui pourraient avoir la moindre chance d'être « le fou de Saint-Ancel », comme il disait maintenant.

– C'est quelqu'un qui agit seul, certainement, sans mobile autre que sa folie maniaque – car c'est un maniaque, j'en suis presque sûr – ; cherchez du côté des célibataires solitaires, des aigris, des violents – bien qu'il ne soit pas nécessairement un violent extériorisé – ; du côté de ceux qui ont une raison de s'en prendre à la société, d'en vouloir à tout le monde et à personne. Faites-moi une liste... on verra où ça nous mènera... il faut bien prendre les choses par un bout... Le hasard aidant, même si on ne tombe pas sur l'assassin, on peut tomber sur quelqu'un qui nous fournira un indice, une piste...

Rentré chez lui, l'inspecteur trouva son filleul en pleine activité.

– Ça y est, je suis arrivé à remonter ma montre.

– Et elle marche ?

– Impeccable... à part qu'elle tape son heure en cinquante minutes. Un petit truc à revoir...

Sur une grosse table de cuisine qui lui servait d'établi s'étalait un fouillis d'outils et de rouages divers.

– Parrain, je suis en train de faire une invention qui fera date dans l'histoire : le baromètre-réveil. Les matins où il fait ciel bleu, temps sec, soleil : le baromètre déclenche le réveil à sept heures. Les matins où il fait humide, pluie, nuages : le baromètre se met en position « grasse matinée » et déclenche le réveil à dix heures et demie. Enfin, on peut varier l'heure.

– Intéressant. Et ça marche ?

– Pas encore, mais ça ne saurait tarder. Et ton enquête ?

– Elle suit son cours.

Nestor n'avait pas revu son parrain depuis la veille au soir. Ce dernier eut donc le privilège d'entendre un commentaire aussi complet qu'enthousiaste du film *Un cadavre dans le brouillard.* Puis Nestor lui fit part de l'expédition qu'ils avaient faite, Mercedes et lui, auprès de la voiture du docteur Lebrun.

– J'avais vu cette voiture moi-même avec

Blachon, dit l'inspecteur. Mme Lebrun nous avait donné une clé de ce garage, une deuxième clé, donc.

– Qu'est-ce que tu penses de nos découvertes ? Et s'il y avait DEUX Bentley, et non pas une...

– Hum... ça me paraît bien extravagant... Quant à avoir changé de voiture récemment, ce serait étonnant. Le compteur de celle que j'ai vue au garage dépassait les 90 000 kilomètres. Enfin, on peut faire une vérification... Des Bentley, il ne doit pas s'en vendre tous les jours dans la région... et même pas en France...

– Au fait, reprit Nestor, j'ai pensé à quelque chose...

– Parce que tu penses en bricolant tes baromètres-réveils ?

– Ça m'arrive. À la cabane de Léonard, il y avait le signe de Fonjac sur le mur... il a même été remis après que le maire l'a effacé...

– Exact.

– Et il était aussi sur le portail des Lebrun, le signe.

– Oui...

– Pourquoi alors n'était-il pas aussi sur la porte du notaire mais seulement dans la salle de bains ? C'est pas logique.

– Tu sais, la logique, dans cette histoire...

– La logique, c'est que, sans Mercedes, tu n'aurais eu aucune raison d'aller dans la maison Chirief, et que sa mort aurait pu n'être découverte que bien plus tard.

– C'est vrai. À la réflexion, tout se passe comme si l'assassin, contrairement aux deux premiers crimes, n'avait pas voulu qu'on découvre tout de suite celui-là... Quoi qu'il en soit, je ne tarderai pas à retourner visiter de plus près sa maison.

– J'irai avec toi, déclara Nestor.

19

L'inspecteur se leva tôt le lendemain matin. Il était en avance pour se rendre à la morgue, aussi commença-t-il par passer voir Mme Lebrun. Il la trouva très affectée par la nouvelle de la mort de maître Chirief qu'elle avait apprise de la bouche de Mme Garcia. Il ne lui posa que quelques questions de routine, repoussant à plus tard un interrogatoire plus détaillé sur les rapports de son mari avec le notaire ainsi que la question de la Bentley. Puis, il la quitta pour se rendre à la morgue où il rencontra le médecin légiste.

– Alors, il s'agit bien de maître Chirief ?

– Aucun doute. J'ai pu contacter son dentiste. Correspondance parfaite entre sa mâchoire et les soins qui lui ont été faits.

– À part ça, je suppose que vous n'allez pas me révéler grand-chose...

– Cela dépend... Première nouvelle : les coups de hache ont été donnés après la mort ; ils n'y sont pour rien.

– Il fallait s'y attendre.

– Deuxième nouvelle : la mort remonte à trois jours au moins.

– Trois jours... hum, c'est autre chose. Ça voudrait dire qu'il a été assassiné avant ou en même temps que le docteur Lebrun !

– Pas longtemps après, en tout cas.

– La même nuit, c'est possible ?

– C'est probable.

– Dites-moi, il aurait fait vite, notre assassin... À moins que... non... c'est impossible... il n'y a tout de même pas DEUX assassins !

– Ce n'est pas moi qui peux vous le dire... Troisième nouvelle, enfin : il n'est pas mort de noyade, mais empoisonné, tout bêtement. Cyanure.

– Pas noyé... empoisonné... murmura alors l'inspecteur. Bitrange autant qu'ézard. Mais alors, que diable faisait-il dans cette baignoire ?

– Ça non plus, je ne peux pas vous le dire !

L'inspecteur était perplexe. À la gendarmerie, l'adjudant lui donna les résultats des battues comme de la drague de la rivière ; ils tenaient en un mot : rien.

– Un cadavre de cette taille ne passe pas inaperçu. Vous pouvez être sûr qu'il n'a pas été abandonné dans le coin.

– Tant pis. Et ma liste de « fous » possibles ?

– Revenez cet après-midi, j'attends le maire pour voir ça avec lui ; mais à la réflexion, il paraît difficile de soupçonner des gens a priori... je ne vous garantis rien.

– Faites pour le mieux, répliqua sèchement l'inspecteur.

L'inspecteur Mignard avait deux heures devant lui. Il décida de se les accorder pour aller tremper ses hameçons dans l'eau.

– Je me dois bien un peu de détente, se dit-il. J'aurai l'esprit plus clair au retour...

Nestor ne voulut pas l'accompagner, trop occupé par la mise au point de son baromètre-réveil.

Notre pêcheur ramena de la rivière quelques tanches et une carpe de bonne taille, assez pour lui remonter le moral. À la maison, Nestor avait abandonné ses recherches météo-horlogères qui piétinaient pour s'adonner plus prosaïquement à la cuisine. Il avait mis la table ; un gigantesque plat de pommes de terre frites dorées à point attendait l'inspecteur, ce qui acheva de le mettre de bonne humeur.

– Riche idée que tu as eue, dit-il à son filleul.

– C'est surtout que si je comptais sur toi côté frites, je risquerais d'attendre longtemps…

L'inspecteur Mignard fit une courte sieste et, en pleine forme, reprit le chemin de la gendarmerie.

– On a fait le tour des habitants, lui dit l'adjudant. Finalement, notre liste de fous possibles est plutôt courte.

– Voyons ça, répliqua l'inspecteur.

– Si je commence par m'exclure, commença l'adjudant… avec votre accord, évidemment…

– Hum… grommela l'inspecteur.

– Si j'exclus le brigadier Blachon…

– Blachon, coupa l'inspecteur, c'est le seul qui aurait pu faire disparaître le cadavre !

– Si vous allez par-là ! Mais Blachon était à la gendarmerie la nuit du crime.

– Je plaisantais. Excluons. Il doit rester du monde, tout de même.

– Pas tellement. On a quand même retenu deux noms pour vous faire plaisir.

– Allons-y.
– Le premier : un certain Desroches. Lucien Desroches. Célibataire. Quarante-trois ans. A été dans la Légion étrangère. Pas de famille. Ouvrier maçon. Aime raconter ses prétendus exploits... il aurait été blessé plusieurs fois en Afrique. Lunatique, passe pour « avoir un grain ». Peut être agressif quand il a bu. Ces derniers jours, on l'a beaucoup entendu s'exciter sur l'histoire du fantôme de Fonjac. Habite seul, un moulin désaffecté ; or, ce moulin est tout près de la villa du docteur Lebrun.
– Voilà pour un. J'irai le voir. Au deuxième.
– Un dénommé Ziménoff.
– Nom russe, comme Chirief, coupa l'inspecteur.
– Célibataire également. La cinquantaine. Peu sociable. On ne le voit jamais au café, lui. N'a pratiquement aucun ami dans le pays. Ne travaille plus. Vit chichement d'une retraite de mineur – il a travaillé dans une mine en Lorraine.
– Pays de feu le docteur Lebrun, coupa derechef l'inspecteur.
– Un temps, il faisait quelques travaux de jardinage dans le coin pour arrondir ses fins de mois. Les gens le craignent un peu, les enfants surtout, depuis qu'il a administré une raclée mémorable à un gamin qui l'avait injurié dans la rue je ne sais plus à quelle occasion. Ses parents voulaient porter plainte. Une autre fois, il a poussé dans le fossé une voiture qui s'était garée devant chez lui et qui le gênait. Un violent, certainement, ou plutôt un asocial... Il

habite une toute petite maison ; c'était celle du chef de gare au temps où il passait un train à Saint-Ancel.

– C'est tout ?

– C'est tout.

– J'irai le voir aussi.

L'inspecteur trouva Lucien Desroches chez lui. C'était un homme grand et large, aux cheveux roux hirsutes, aux yeux énormes et sortant de leurs orbites. L'inspecteur ne lui avait pas posé trois questions qu'il se lançait dans une longue diatribe, parlant fort et agitant les bras :

– Monsieur l'inspecteur, j'espère que vous n'allez pas me soupçonner, moi, un ancien de la Légion, qui me suis battu pour la France, blessé quatre fois, décoré... De toute façon, vous perdez votre temps, je vous le dis. Vous ne trouverez pas de coupable en chair et en os ; non, vous ne trouverez pas le coupable dans notre monde. Inutile de faire l'esprit fort. Évidemment, vous, vous n'êtes pas du pays, vous ne pouvez pas comprendre. Mais je vous le dis. C'est le fantôme de Fonjac qui frappe. Ce n'est pas la première fois ; ce ne sera pas la dernière. Moi non plus, je ne voulais pas y croire. Mais maintenant, je vous le dis, j'en ai la certitude ; on le sent dans l'air. C'est un être démoniaque qui maîtrise les forces du mal et les attire sur le village. Il a des créatures à lui à Saint-Ancel, des créatures qu'il possède, je vous le dis...

Il criait de plus en plus fort et l'inspecteur eut du mal à le faire taire.

– Bon, bon, j'ai compris. Dites-moi quand même ce que vous faisiez la nuit de lundi à mardi.

– Moi ? Mais puisque je vous dis...

– Répondez-moi, c'est tout ce que je vous demande.

– Ce que je faisais ? J'ai dû rester au bistrot jusqu'à la fermeture, et après, je suis rentré dormir. C'est tout. Mais croyez-moi, je vous le dis...

– Merci, au revoir. Je vous réinterrogerai si besoin.

« Ce n'est peut-être pas un assassin, mais c'est sûrement un cinglé », se dit l'inspecteur en quittant le sieur Desroches.

Au café, on lui confirma que l'homme avait passé la soirée du lundi à boire, et qu'il était sorti chancelant, dans un état qui ne permettait guère que d'aller dormir.

Ziménoff était d'un tout autre genre. De taille moyenne, râblé, habillé proprement, il avait une certaine allure. Ses petits yeux métalliques et froids semblaient vous fouiller et mettaient mal à l'aise. Il dit n'avoir jamais rencontré le notaire Chirief. En revanche, il reconnut avoir fait quelques travaux de jardinage chez les Lebrun. Il affirma que la nuit de la mort du docteur Lebrun, il dormait chez lui comme d'habitude. Il n'avait vu personne ce soir-là.

Au début, il répondait sèchement mais poliment aux questions de l'inspecteur. Cependant, au fur et à mesure que se prolongeait l'entretien, le ton de sa voix devenait plus agressif, ses réponses, moins cohérentes. À la fin, il déclara avec une certaine exaltation :

– Je ne crois pas à cette histoire de M. de Fonjac. Mais ça n'empêche pas que ces crimes soient une vengeance du ciel. Les hommes sont mauvais ; les Saint-Ancellois plus que les autres. Ils méritent leur châtiment.

« Il a son grain de folie, lui aussi », pensait l'inspecteur en retournant chez lui. Et une fois de plus, il soupira :

– Quel pays !

Il était renforcé dans sa conviction que ces crimes étaient l'œuvre d'un détraqué, d'un homme qui agissait sans raison.

Nestor était de nouveau occupé à la mise au point de son baromètre-réveil. Il abandonna ses travaux pour accompagner son parrain à la maison du notaire.

– Dire que je retarde la naissance d'une invention qui va révolutionner l'avenir de l'humanité ! gémit-il.

Ils passèrent prendre le brigadier Blachon.

– Fouillez partout, lui dit l'inspecteur. Signalez-moi tout ce qui vous paraîtra anormal.

Il fit lui-même le tour de la maison, essayant de reconstituer le crime dans sa tête. Il s'attarda longuement dans la salle de bains où il avait découvert le corps. Les signes de Fonjac n'avaient pas été effacés. Nestor les contemplait en se demandant de nouveau pourquoi ils n'avaient pas été tracés avec du sang, comme pour le docteur Lebrun.

– C'est peut-être simplement qu'il n'y en avait pas, du sang, dit-il finalement à son parrain. Du reste, on n'en voit nulle part. Et s'il n'y en avait pas, c'est que dans la baignoire, le sang est parti avec l'eau ; surtout que le robinet coulait quand tu as découvert le corps.

– Ou bien, on l'a mis dans la baignoire pour expliquer qu'il n'y ait pas de sang... dit subitement l'inspecteur. Autrement dit, les coups de hache ont pu être donnés avant ou ailleurs que dans la maison.

– Super déduction ! conclut Nestor tout excité.

Comme la veille, ils ne trouvèrent pas le moindre signe d'effraction, ni surtout le moindre indice qui puisse faire penser qu'il y ait eu vol. Cependant, Nestor s'attardait dans le bureau de travail du notaire. Il avait l'impression que quelque chose ne collait pas.

« Il est drôlement disposé, se disait-il, ce mur presque nu, et cette bibliothèque poussée dans ce coin... serrée contre la porte... moi, je ne l'aurais pas mise là. »

Il s'approcha du mur, regarda le petit tableau qui y trônait – trois cerises sur une soucoupe à côté d'un artichaut – puis le clou auquel il était suspendu, puis le parquet, au pied du tableau. Alors, il appela son parrain.

– Regarde ce clou... il y a encore des traces de plâtre autour, et aussi au pied du tableau. Ce clou, on vient de le planter.

– Bravo. Ça veut dire que le tableau était ailleurs.

– Et à mon avis, à la place de cette bibliothèque qui, elle, devait être contre ce mur. D'ailleurs, en regardant bien, on voit la trace des pieds sur le parquet.

Aidé de Blachon, ils ne furent pas longs à tirer la bibliothèque : derrière, apparut un coffre-fort scellé dans le mur. Le coffre était ouvert, vide, sa porte tordue.

– Dynamite, dit simplement l'inspecteur après une rapide inspection. L'explosion est toute fraîche.

Ils restèrent silencieux un instant, contemplant le coffre béant.

– Mais alors, murmura l'inspecteur, nous voilà avec un mobile... ce n'est donc pas un fou qui a fait le coup !

20

– Tiens, quelqu'un attend, constata l'inspecteur tandis que la Ford arrivait à proximité de sa maison. Je pense que c'est pour toi.

– C'est Mercedes, annonça Nestor en piquant un fard. Elle vient voir mon baromètre-réveil.

– Une entrevue purement scientifique, quoi !

– Elle s'intéresse à ce que je fais, elle, au moins ! répliqua Nestor. Après, on ira faire une balade.

La jeune fille attendait devant le portail, à cheval sur son vélo.

– On est en retard, s'excusa Nestor en accomplissant le rite des quatre bises.

– Non, c'est moi qui suis en avance.

Elle salua l'inspecteur et ajouta :

– C'est que j'ai quelque chose à vous dire. J'ai pensé que ça pourrait vous intéresser.

Ils entrèrent dans la maison, et bientôt Mercedes s'expliqua :

– J'étais dans mon arbre vers quatre heures...

Elle parlait en regardant Nestor. Elle s'arrêta et se tourna vers l'inspecteur :

– Oui, parce qu'il y a un arbre dans le jardin, et que quelquefois...

– Il est au courant, coupa Nestor. Tu peux continuer.

– Un homme est entré par la porte du fond du jardin.

– Il se cachait ?

– Non, pas spécialement ; il est arrivé comme si on l'attendait, ou comme s'il avait l'habitude. Après, je l'ai vu traverser le salon avec Mme Lebrun. Ils parlaient ensemble... Cinq ou dix minutes après, il est ressorti, et Mme Lebrun a fermé la porte du jardin derrière lui.

– Et cet homme, tu le connais ? Tu l'avais déjà vu ?

– Je ne me souviens plus de son nom, un nom compliqué, pas français, mais je le connais bien. Avant, il venait faire le jardin des Lebrun.

– Ziménoff ! s'exclama l'inspecteur. Ce nom vous dit quelque chose ?

– Oui, c'est ça, Ziménoff.

– Il serait donc venu voir Mme Lebrun tout de suite après ma visite...

– Parce que vous le connaissez aussi ? demanda Mercedes.

– Je l'avais justement interrogé au début de l'après-midi. Qui aurait cru... Vous savez d'autres choses sur lui ?

– Ça fait plusieurs mois qu'il ne vient plus jardiner, mais si je vous en parle, c'est que depuis, il est bien revenu deux ou trois fois voir Mme Lebrun... Et même avant, quand il venait travailler, elle trouvait toujours le moyen de parler un moment avec lui. Ça m'étonnait, parce que ce n'était pas dans ses habitudes ; elle est plutôt bêcheuse et ne fréquente que les gens de « son monde ».

– Elle venait peut-être donner les consignes pour le jardinage, remarqua l'inspecteur.

– Ça m'étonnerait ; je crois que c'était plutôt

M. Lebrun qui les lui donnait quand il arrivait. Et en plus... presque chaque fois...

Mercedes marqua une pose ; elle semblait gênée de poursuivre.

– Et en plus, continua-t-elle finalement, presque chaque fois, Mme Lebrun et Zi... Za... Zapatoff...

– Ziménoff.

– Enfin, le jardinier et Mme Lebrun disparaissaient tous les deux dans la cabane à outils... pas longtemps, cinq minutes, mais je me demandais pourquoi... ça me faisait plutôt rire...

– C'est *l'Amant de lady Chatterley !* s'exclama Nestor triomphalement.

– Parce que tu as lu ce livre, à ton âge ! soupira son parrain, qui ajouta : ça paraît trop beau. On me signale à tout hasard un des marginaux du village, je l'interroge, et juste après, il vient voir Mme Lebrun avec qui il aurait des relations... particulières... enfin, je ne sais quel type de relations. Relations dont Ziménoff ne m'a pas touché mot, ce qui cette fois, en fait bien un suspect. Enfin une piste sérieuse !

À Paris, le commissaire Vrin était soucieux. Il avait été contacté personnellement par le procureur de la République de Guéret. Cette affaire de triple assassinat prenait de l'importance dans la presse. Certains journaux à scandale racontaient n'importe quoi et brodaient sur le thème du « mystère du signe de Fonjac ». Quant à la presse locale d'opposition, elle s'en donnait à cœur joie ; le député du département et le maire de Saint-Ancel, tous deux du parti PSR, étaient caricaturés sous forme de fantômes avec comme légende : « Les seuls élus assez inconsistants pour passer à travers les murs ! » On parlait de l'impuissance de la police. Il fallait arriver à un résultat, débrouiller l'affaire, trouver au plus vite le ou les coupables. Le commissaire se demandait si l'inspecteur Mignard était à la hauteur de sa tâche, n'étant pas un spécialiste des affaires criminelles. Devait-il envoyer quelqu'un pour le seconder ? Non, se disait finalement le commissaire, pensant que, d'une part, il avait besoin de tout son monde à Paris, et que d'autre part, Mignard restait un homme de métier sérieux. Cependant, il insistait pour que les différents services de la P.J. lui apportent le maximum d'aide, et il se faisait personnellement tenir au courant des résultats de leurs recherches. Or, des résultats, il y en avait. Le commissaire Vrin tint à les communiquer lui-même à son inspecteur.

– Allô, Mignard ? Ici, commissaire Vrin.

– Bonjour, commissaire.

– Mon cher Mignard, voici quelques réponses aux pertinentes questions que vous avez posées à nos services.

– Je vous écoute.

– Un : contrairement à ce qu'on aurait pu croire, le docteur Lebrun n'avait contracté aucune assurance-vie. Sa veuve n'hérite que de fort peu de choses – ce qui exclut le mobile de l'argent au cas où vous la soupçonneriez d'avoir assassiné son mari. La situation financière du docteur était même plutôt mauvaise : une partie de sa villa est hypothéquée... Deux : c'est d'autant plus curieux que, regardant la question de la voiture, il se confirme que le docteur a acheté une Bentley neuve il y a quelques semaines dans un garage parisien.

– C'est extraordinaire ! Celle que j'ai vue dans son garage ne peut être que l'ancienne, et pas de trace de la neuve.

– Un mystère à éclaircir. Trois : votre petit sachet de poussière – de la poussière relevée sous le lit du mort, c'est bien ça ?

– Sous le lit du cadavre Lebrun, oui.

– L'analyse révèle que ces grains ont bien la même constitution que la terre du jardin dont vous nous avez envoyé un échantillon.

– Bon. Mais à la réflexion, ça ne signifie pas grand-chose. Il est normal que les gens aient de la terre sous leurs chaussures, et qu'on en trouve des particules rejetées sous les lits... Autre nouvelle ?

– Plus intéressante, oui, concernant un lien possible entre Lebrun et Chirief. Nous savions que le notaire avait fait partie d'une secte, ou tout au moins, avait travaillé pour elle. Eh bien, Lebrun l'aurait lui aussi approchée. On ne sait pas à quel point il y était engagé, car voilà des années que cette secte s'est dissoute, ne laissant que peu de traces derrière elle. Elle avait vu le jour il y a une trentaine d'année en Lorraine et se donnait le titre d'« Église des Chevaliers du Moyen Âge » : elle prétendait retrouver l'esprit religieux de cette époque. Y a-t-il un rapport avec votre histoire de Fonjac ? À voir. Elle a été très florissante pendant deux bonnes décennies et certains disent qu'elle aurait amassé beaucoup d'argent ; si c'est le cas, on ne sait pas où il serait passé au moment de la dissolution de la secte... Mais toutes ces rumeurs sont à prendre avec beaucoup de prudence ; quand il s'agit de sectes plus ou moins occultes, les esprits inventent facilement des histoires de trésors.

– Les « esprits », comme vous dites !

– Voilà, c'est tout pour le moment. Et de votre côté, des pistes ?

– Une, peut-être...

– À la bonne heure ! Je suis sûr que vous allez arriver très vite à un résultat. Contactez-nous dès que vous avez besoin d'autres renseignements. Bon courage, mon cher Mignard.

21

Depuis une demi-journée, Nestor n'était pas sorti de sa chambre.

– Toujours sur ton baromètre-réveil ? lui demanda son parrain.

– Non, sur le fantôme de Fonjac. Viens voir ce que j'ai fait.

Il avait confectionné une maquette en carton de la villa Lebrun, sans toit pour que l'intérieur des pièces soit visible ; il avait fabriqué tous les personnages du drame avec des marrons et des allumettes, ainsi que le lit de la chambre mortuaire, et aussi Mercedes et son arbre.

– Je ferai plus tard la cabane de Léonard et la maison du notaire. Pour le moment, c'est le « mystère de la chambre verte » que j'aimerais élucider. Et je sens que je suis sur la bonne piste...

– Amuse-toi bien. Je vais interroger Mme Lebrun au sujet de Ziménoff. Ça devrait être un entretien capital.

L'inspecteur s'absenta longtemps. Nestor, lui, ne chôma pas. Penché sur sa maquette, il déplaçait les petits personnages ; devant lui, une horloge taillée dans du carton dont il tournait les aiguilles pour contrôler les horaires. Et au bout de quelques heures :

« J'y suis, j'y suis, jubilait-il. Avec Ziménoff, amant de lady Chatterley, enfin, de Mme Lebrun, il y a une solution. Une seule possible, mais c'est justement pour ça que c'est la bonne.

Ziménoff, amant de Mme Lebrun. Ils décident ensemble de tuer le docteur Lebrun pour... pour... je ne sais pas quoi ; pour avoir la paix. Le soir du crime, Ziménoff, d'accord avec Mme Lebrun, s'introduit dans la maison. Il se cache quelque part – facile, le docteur Lebrun ne se méfie pas. Par Mme Lebrun, Ziménoff connaît cette habitude qu'a le docteur de se rendre à la cuisine pendant la nuit pour y manger un morceau. Il l'y attend. Il le tue, d'une façon ou d'une autre ; puis il lui flanque des coups de hache pour faire croire qu'on est en plein dans la légende du fantôme de Fonjac, et trace le signe avec le sang. À huit heures du matin, Mme Lebrun fait mine de découvrir le cadavre de son mari et téléphone à la police. Fin du premier acte. Jusque-là, ce n'est qu'une explication parmi d'autres, et que rien ne prouve particulièrement. Mais maintenant, on arrive au "mystère de la chambre verte", la disparition du cadavre toutes portes et fenêtres fermées, l'épisode pour lequel il n'y a qu'une explication possible.

Les deux amants ont décidé de faire disparaître le cadavre, soit pour une raison particulière qui reste à découvrir, soit simplement pour continuer le scénario "fantôme de Fonjac". Or, pour ça, il faut que Ziménoff, l'assassin, soit encore dans la maison la nuit suivante. Il se doute qu'il ne pourra pas revenir parce que la maison sera surveillée. Il faut donc qu'il reste caché sur place. Mais après le crime, la maison sera nécessairement fouillée... Se dissimuler ne sera donc possible qu'avec la complicité de Mme Lebrun. J'ai mon idée sur le lieu de la cachette, il faudra que je vérifie... Donc, premier point : disparition du cadavre = présence de l'assassin dans la maison = complicité de Mme Lebrun. »

Ici, Nestor pensa à ce que lui avait dit son parrain, reprenant lui-même l'idée du commissaire Vrin : « En multipliant les mystères autour de la disparition du cadavre, l'assassin a commis une erreur ; car il y a forcément une solution ; et en se dévoilant, elle dévoilera tout le reste. »

« Acte deux. On arrive au début de la soirée. Mme Lebrun est près du cadavre de son mari, et Ziménoff est passé de sa cachette sous le lit mortuaire (ce qui explique les traces de terre qu'on y a trouvées). Le brigadier et mon parrain entrent dans la chambre. Ils vérifient le verrou de la porte qui donne sur la salle de bains, sortent avec Mme Lebrun et ferment la chambre à clé. Ils n'ont pas eu l'idée de regarder sous le lit, évidemment, puisque Mme Lebrun est toujours restée à côté, veillant le mort. La nuit arrive. Ziménoff sort tranquillement de sa cachette, prend le cadavre, ouvre le verrou de la porte donnant sur la salle de bains, descend le petit escalier qui mène à la remise, et de là, gagne le jardin et sort par la porte du fond. Le gendarme qui veille sous la fenêtre ne peut pas le voir : il y a plein d'arbres et de buissons qui font écran. Il cache le cadavre quelque part. Ensuite, et c'est là le trait de génie, au lieu de rentrer chez lui, il revient dans la chambre du mort par le même chemin et s'y enferme de nouveau en tirant le verrou derrière lui. Il barbouille le drap avec le signe (à moins qu'il n'ait préparé un autre drap auparavant avec Mme Lebrun ; c'est plus probable puisque le signe est tracé avec du sang). Il attend quatre heures du matin. Il fait le petit cinéma du hurlement (il crie lui-même, ou a préparé un enregistrement), et se reglisse sous le lit. Blachon arrive affolé ; il constate la disparition du cadavre, ne sait plus que faire ; il a quand même la présence d'esprit de vérifier que le verrou de la porte qui donne sur la salle de bains est bien toujours fermé. Alors, Mme Lebrun sort de sa chambre et – point important – elle demande à Blachon d'aller immédiatement téléphoner à mon parrain. Ce qu'il fait. Et pendant qu'il téléphone, Ziménoff a tout le temps de sortir de sous le lit et de s'en aller, tandis que Mme Lebrun referme le verrou derrière lui. Ni vu ni connu. Le mystère de la chambre verte est complet. »

« Il n'y a que cette explication, donc c'est la bonne », se répéta Nestor en remettant en place ses petits personnages.

22

Pendant que Nestor échafaudait ses hypothèses, son parrain était retourné voir Mme Lebrun.

Quelques badauds et journalistes traînaient toujours autour de la villa du crime. Mme Garcia ouvrit le portail ; l'inspecteur traversa l'allée de marronniers et s'introduisit dans la maison sans frapper. Il trouva Mme Lebrun assise dans son salon, un livre sur les genoux. Il commençait à s'excuser pour son entrée intempestive, mais elle le coupa :

– Venez dans la maison aussi souvent que l'enquête le nécessitera. Allez-vous bientôt retrouver l'assassin de mon mari ? Ce mystère me ronge.

L'inspecteur se contenta d'un mouvement de tête et attaqua tout de suite :

– Connaissez-vous un certain Ziménoff ?

– Oui ; il a fait du jardinage dans le parc.

– Pourquoi n'en fait-il plus ?

– Depuis quelques mois, il a arrêté ses travaux dans tout le village.

– Le connaissez-vous... particulièrement ?

– Moi ? Non...

– Qui lui donnait les consignes pour votre jardin ?

– Mon mari.

– Vous-même, aviez-vous l'occasion de lui parler ?

– Rarement... presque jamais.

– Ah. Et quand l'avez-vous vu pour la dernière fois ?

– Je ne sais plus... deux mois peut-être... le jour où il s'est arrêté de jardiner.

– Et vous ne l'avez pas revu depuis ?

– Non.

L'inspecteur marqua une pause. Il avait l'impression d'être le chat tenant la souris à portée de ses griffes. Mais l'attitude toujours digne de Mme Lebrun le gênait. Et si la petite Mercedes avait tout inventé ? Il se décida pourtant et dit brutalement :

– Madame, je sais que vous mentez. J'ai besoin de savoir la vraie nature de vos relations avec Ziménoff, pourquoi il est venu vous voir hier... et pourquoi vous m'avez caché la vérité.

Mme Lebrun pâlit légèrement. Elle garda quelques secondes le silence, puis déclara :

– J'ai eu tort, j'aurais dû vous dire tout de suite la vérité. Je vais parler, mais je voudrais que, dans la mesure du possible, vous gardiez pour vous ce que je vais vous dire.

– Je garderai le secret sur ce qui n'intéressera pas l'enquête.

– Bien, soupira Mme Lebrun. Je vais donc tout vous avouer.

Elle soupira de nouveau, fit une pause, puis parla.

– Depuis un long séjour en Orient effectué avant mon mariage, je m'adonne... un peu... à l'opium.

– Continuez... dit l'inspecteur tandis que Mme Lebrun marquait une nouvelle pause.

– L'année dernière, j'ai appris par une autre personne qui en fumait elle aussi...

– Qui ? interrompit l'inspecteur.

– C'est sans importance. Un Anglais qui a séjourné dans la région et qui avait lui aussi cette habitude. J'ai donc appris que ce jardinier, Ziménoff, plantait discrètement quelques plants de pavot dans une vieille serre et fabriquait un petit peu d'opium. Je l'ai fait venir pour notre jardin. Il m'apportait chaque fois la valeur de deux ou trois pipes. Je le retrouvais habituellement dans la cabane à outils.

– Vous le payiez cher ?

– Non, un prix dérisoire. Il ne faisait pas ça pour l'argent.

– Votre mari fumait aussi ?

– Non, mais il me laissait faire. Il savait que je ne pouvais me passer de cette drogue, tout en restant dans des limites raisonnables. À l'occasion, il m'aidait à me la procurer.

– Comment Ziménoff vous fait-il parvenir l'opium depuis qu'il ne travaille plus chez vous ?

– Il vient en passant par la porte du fond du jardin. Je le préviens quand j'ai un besoin.

– Il n'a pas le téléphone, n'est-ce pas ? Vous allez le prévenir vous-même ?

– Non, il ne veut pas, et moi non plus, par prudence. C'est mon pauvre mari qui allait prévenir une personne, un entremetteur qui, moyennant un petit pourboire, se rendait chez Ziménoff.

– Qui est cet entremetteur ?

– C'est... enfin, c'était... Léonard, le clochard, qu'on a assassiné, lui aussi.

– Léonard ! Diable ! Qu'est-ce que ça signifie ?

L'inspecteur garda un moment le silence, puis reprit :

– Vous savez que Ziménoff et vous-même pouvez être poursuivis par la loi pour une telle pratique ?

Mme Lebrun haussa les épaules.

– Il n'y a pas trafic de drogue. Je ne fume qu'en privé, et seule. Je ne me considère pas hors-la-loi.

– Bien, nous verrons ça plus tard, dit l'inspecteur, impressionné par la maîtrise dont faisait preuve Mme Lebrun. Pourquoi Ziménoff est-il venu vous voir hier ? continua-t-il.

– Vous veniez de l'interroger. Il devait m'apporter un peu d'opium le jour même. Il est venu pour cela, et surtout pour me dire que, vu la tournure que prenaient les événements, tant que l'assassin de mon mari ne serait pas découvert, il ne reviendrait plus.

« C'est cohérent, c'est tout à fait cohérent », pensait l'inspecteur en son for intérieur, dépité de voir qu'une fois encore, une piste ne menait nulle part. Il changea alors de sujet.

– Autre chose : il semble que votre mari venait d'acheter une voiture très chère, une Bentley...

– Mon mari, expliqua-t-elle, avait la passion des belles voitures ou bien une espèce de culte, si vous voulez. La nôtre avait plus de dix ans. Il en a racheté une ; il ne voulait rien d'autre qu'une Bentley.

– Où est cette voiture, actuellement ?

– Mais... dans notre garage, je suppose.

– Non, c'est votre ancienne Bentley qui est dans votre garage. Il ne l'avait donc pas revendue ?

– Il en avait l'intention. Il était en relation avec des collectionneurs, des Anglais, je crois. Mais je ne m'occupais jamais de ses affaires. J'étais même... plutôt en désaccord avec les grosses sommes d'argent qu'il y consacrait. Nous évitions le sujet.

– Ça n'explique pas l'absence de la voiture neuve.

– Il la laissait dans le jardin... Ça la salissait, d'ailleurs...

– Elle n'y est plus.

– Comme c'est curieux ! Je ne suis pas sortie depuis plusieurs jours. Est-ce qu'on l'aurait volée ? Pensez-vous qu'il puisse y avoir un rapport, entre cette disparition et le meurtre de mon mari ?

– Je l'ignore mais je vais m'employer à le savoir.

Il restait à l'inspecteur à s'informer sur les rapports entre le docteur Lebrun, le notaire Chirief et la secte des Chevaliers du Moyen Âge.

– C'est avant notre mariage qu'il a connu cette secte, parce qu'elle s'était établie tout près de la propriété de ses parents. Il n'en a jamais fait réellement partie. Il y a rencontré maître Chirief, et un temps, ils se sont beaucoup fréquentés ; surtout parce qu'ils chassaient ensemble. J'ai fait la connaissance de Chirief après mon mariage. Je ne l'appréciais pas particulièrement. Quand il a quitté le pays, nous ne correspondions guère que pour les vœux du nouvel an.

– Et c'est par hasard que vous vous êtes retrouvés à Saint-Ancel ?

– Mon pauvre mari prenait sa retraite, nous désirions descendre dans le sud de la France. C'est maître Chirief qui nous a signalé que cette propriété était à vendre à un prix très raisonnable.

« C'est cohérent, pas une faille, se répétait l'inspecteur en rentrant chez lui. Si par hasard cette femme a quelque chose à voir dans ces crimes, alors, elle est diaboliquement habile. »

À peine l'inspecteur Mignard eut-il franchit la porte de la maison que Nestor lui bondit dessus :

– Parrain, je crois que j'ai trouvé. Avec Ziménoff, amant et complice de Mme Lebrun, tout s'explique. Enfin, le plus difficile : la disparition du cadavre.

– Eh bien, ne te fatigue pas : Ziménoff n'est pas l'amant de Mme Lebrun.

Et l'inspecteur raconta à son filleul l'entrevue qu'il venait d'avoir.

– Je ne peux pas jurer qu'elle dise vrai, ajouta-t-il, mais ses explications se tiennent parfaitement ; et jusqu'à preuve du contraire, je n'ai aucune raison de ne pas la croire. Surtout qu'il doit être facile de vérifier que Ziménoff produit cet opium... ce qui explique tout à fait les entrevues entre lui et Mme Lebrun.

Nestor était furieux, déçu. Il réfléchissait, et dit finalement :

– Bon, admettons que l'histoire de l'opium soit véridique. Ça n'empêche pas qu'il puisse être l'amant de Mme Lebrun.

– Ça n'empêche pas… mais ça le prouve encore moins ! Au fait, ton explication du « mystère de la chambre verte » ?

Nestor fit part à son parrain du résultat de ses cogitations.

– C'est astucieux, dit l'inspecteur. J'y avais pensé aussi, enfin, à un scénario du même genre…

– Les grands esprits se rencontrent, répliqua Nestor, un brin d'ironie dans la voix. Je serais toi, j'irais quand même réinterroger le Ziménoff.

– J'en avais l'intention, conclut l'inspecteur.

23

Ziménoff présentait un visage plus glacial que jamais.

– Bonjour, Ziménoff. Je ne serai pas long, déclara d'entrée l'inspecteur. Je voudrais savoir ce que vous faisiez la nuit...

– La nuit du meurtre du docteur Lebrun ? Je vous l'ai déjà dit. Je dormais.

– Non. Je veux savoir ce que vous faisiez la nuit SUIVANT le crime.

– Je n'étais pas chez moi.

– Et où étiez-vous ?

– À cent vingt kilomètres d'ici, à l'affût d'un passage de grives.

– Seul ?

– Non ; avec une dizaine de membres d'une société de chasse.

– Celle de Saint-Ancel ?

– Non. Je ne fréquente personne à Saint-Ancel. Celle de Bourganeuf.

– Je vérifierai. Évidemment, si vous dites vrai, vous avez un alibi en béton...

– Parce qu'à vos yeux, j'ai besoin d'un alibi ?

– Comme tout le monde ; plus que tout le monde, peut-être.

L'inspecteur révéla alors qu'il était au courant de ses plantations de pavot et de sa fabrication d'opium.

– Une dizaine de plants qui se courent après. Consommation privée. Ça ne regarde personne.

– Consommation privée, pas tant que ça. Vous en vendiez à Mme Lebrun. À d'autres aussi, je pense.

– Non, à elle seulement, pour lui rendre service, vous pourrez vérifier. Vous allez me mettre en taule pour ça ?

– Je ne sais pas... si vraiment vos dires sont exacts... après tout, ce n'est pas après un fumeur d'opium que je cours.

L'alibi du planteur de pavot s'étant confirmé, l'inspecteur mit de côté la piste Ziménoff. Cependant, il essaya de pousser l'hypothèse d'un amant complice, ou d'un complice tout court de Mme Lebrun. Mais toutes ses recherches restèrent vaines bien qu'il eût interrogé presque toutes les personnes du village.

– Pourtant, disait-il à Nestor, quand une femme a un amant, ça finit toujours par se savoir.

– Et si le complice était UNE complice ? suggéra Nestor. Si c'était Mme Garcia ? Ça expliquerait bien des choses...

– C'est le mobile du crime que ça n'expliquerait pas.

Par le garage que fréquentait le docteur Lebrun, Mignard obtint sans peine le numéro de la seconde Bentley. Il téléphona alors à son collègue Martin.

– Pas de trace de la voiture que Lebrun aurait achetée peu avant sa mort. Fais faire des recherches. Essaye de savoir si elle n'a pas franchi une frontière. Ça peut être une piste...

Nestor était retourné à la mise au point de

son baromètre-réveil, tout en gardant l'affaire dans un coin de sa tête.

– C'est curieux, se disait-il parfois, il me semble que j'ai la solution sur le bout de la langue... qu'il ne me manque qu'un petit truc tout bête...

De temps en temps, il se remettait à contempler sa maquette et ses personnages. Il en avait rajouté un qu'il appelait « le fantôme », celui qui serait l'assassin au cas où toutes les personnes connues : Mme Lebrun, Mme Garcia, Ziménoff et aussi le « clochard n° 2 » seraient définitivement mises hors de cause. Il en parlait régulièrement avec son parrain. À eux deux, ils avançaient des hypothèses...

En ce début d'après-midi, il avait rendez-vous avec Mercedes devant la fontaine de la place principale de Saint-Ancel. Lorsqu'il arriva, elle était assise sur la margelle et n'avait pas l'air contente.

– Excuse-moi, lui dit tout de suite Nestor. J'ai dix minutes de retard.

– Dix minutes ? Une demi-heure, tu veux dire.

– On avait dit deux heures ; il est deux heures dix.

– Deux heures dix ? Où tu as vu ça ? il est plus de la demie !

Nestor regarda sa montre :

– Zut, elle a encore pris vingt minutes de retard. Je croyais pourtant l'avoir mise au point !... Tiens, je la mets dans ma poche, elle ne me trompera plus.

– Prends la mienne en attendant, dit Mercedes en défaisant son bracelet-montre. J'en ai au moins trois ou quatre autres à la maison. Comme ça, tu ne me feras pas attendre la prochaine fois.

– Si tu veux, merci.

Nestor mit donc à son poignet la montre de Mercedes, flatté de porter sur lui un objet de son amie. Elle était octogonale et bien plus petite que la sienne qui était ronde.

– Ça fait quand même un peu fille, dit-il.

– On voit dessous la marque blanche qu'a laissée la tienne, là où ton bras n'est pas bronzé ; ça fait marrant ! Au moins, on voit tout de suite qu'elle n'est pas à toi !

Nestor continuait de contempler la marque laissée par sa montre. Il gardait le silence, mais bientôt, il demanda doucement à Mercedes :

– Répète ce que tu viens de dire...

– J'ai dit : « On voit tout de suite que ce n'est pas la tienne ».

– Attends. Attends une minute...

Nestor resta un moment le regard fixe puis murmura :

– La montre du docteur Lebrun... la montre du notaire...

– Qu'est-ce que tu as, dit Mercedes, une vision ?

– Je crois... je crois que je suis en train de comprendre... déclara Nestor lentement.

Il garda le silence encore une bonne minute. Sa main bougeait comme pour déplacer des personnages. Puis il sauta en l'air et hurla :

– Eurêka ! J'ai trouvé ! Viens avec moi. Je veux revoir ma maquette tout de suite.

24

Le soir même, après le départ de Mercedes, Nestor et son parrain tenaient un long conciliabule.

– Ça se tient, ça se tient, disait l'inspecteur.

– Ça se tient même bien, répétait Nestor en écho.

– N'empêche... ce n'est qu'une hypothèse... reste à trouver la preuve, et pour ça, il faut rester prudent, ne pas abattre ses cartes avant le bon moment.

Le lendemain, l'inspecteur retournait chez Mme Lebrun. Nestor l'accompagnait. Ils trouvèrent une maison prête à être fermée.

– Monsieur l'inspecteur, je n'en peux plus, lui dit Mme Lebrun. Je ne veux pas rester plus longtemps dans cette maison imprégnée par le souvenir du drame. Si vous n'avez plus à m'interroger, je compte aller me reposer quelque temps en Suisse.

L'inspecteur réfléchit très rapidement, puis répondit :

– Je ne pense pas avoir besoin de vous en ce moment. Mais dites-moi où vous résiderez... je dois pouvoir vous joindre à tout moment. Vous allez à l'hôtel ?

– Non. Je vais chez une vieille tante près de Lausanne. Je vais vous donner son adresse et son téléphone.

Elle écrivit sur un papier qu'elle tendit à l'inspecteur.

– Vous comptez partir quand et par quel moyen ? lui demanda ce dernier.

– Je prendrai l'avion demain matin.

– Mme Garcia pourrait-elle avoir des raisons de s'absenter elle aussi ?

– Pas que je sache... Pourquoi cette question ?

– Pour rien, sinon pour savoir si je pourrai lui demander les clés de votre maison en cas de besoin.

– Certainement, je la mettrai au courant.

– Merci. Si vous le permettez, je vais monter vérifier un dernier détail à l'étage.

L'inspecteur et son filleul gravirent l'escalier et firent le tour des chambres en refermant les portes sur eux. Quelques minutes plus tard, ils redescendaient et l'inspecteur rejoignait Mme Lebrun pour la saluer et lui souhaiter un séjour reposant, loin des lieux du drame qu'elle venait de vivre.

Aussitôt chez lui, l'inspecteur téléphona à Paris et donna le nom et l'adresse que lui avait communiqués Mme Lebrun.

– Vérifiez-moi immédiatement l'existence de cette personne, demanda-t-il.

Deux heures après, il avait la réponse. La personne habitait bien à l'adresse indiquée.

Son collègue Martin en profita pour lui dire :

– Au fait, ta Bentley...

– Oui ?

– Suite à notre appel, on pense l'avoir repérée à Hendaye, à la frontière. Elle est passée en Espagne puis revenue côté français.

– Intéressant. Maintenant, vérifie donc auprès des compagnies aériennes si c'est bien pour Lausanne que Mme Lebrun a pris un billet d'avion. Contacte-moi dès que tu as confirmation.

Peu après, Martin rappelait :

– Mme Lebrun a bien pris un billet d'avion. Mais pas pour Lausanne. Pour Hendaye.

– À quelle heure ? Quel vol ?

– Son avion atterrit demain matin à neuf heures.

– Passe-moi tout de suite le commissaire !

Et, quand il l'eut :

– Commissaire, je ne suis pas sûr de moi à cent pour cent, mais il se pourrait qu'on soit proche du dénouement. Mme Lebrun part pour Hendaye. Je la laisse faire. Mais je dois y être avant elle. Je prends ma voiture et je file. Je roulerai de nuit.

– Bonne chance, Mignard, et soyez prudent.

Jusqu'à la ville-frontière, ce fut une course folle. L'inspecteur Mignard, encouragé par Nestor, tira de sa Ford tout ce qu'elle pouvait donner.

– Bonne bête, fidèle bête, murmura-t-il en tapotant son capot brûlant sur le parking du petit aéroport d'Hendaye.

Il était six heures du matin.

– Bien, nous avons de l'avance. Je vais pouvoir dormir un peu, dit l'inspecteur en s'installant sur un siège du salon d'attente.

À huit heures, il se réveillait et, après avoir bu un café fort, il allait se poster avec Nestor à proximité du portillon de sortie.

– D'ici, nous verrons tout de suite si quelqu'un attend Mme Lebrun.

L'avion attendu atterrit à l'heure prévue. Il fallut encore patienter, le temps que...

– La voilà, dit soudain l'inspecteur. C'est le moment.

Il passa nerveusement la main sous sa veste, vérifiant la place de son revolver. Nestor avait le cœur battant.

Mme Lebrun était seule, comme ils le prévoyaient. Elle ne portait qu'une valise avec elle. Elle s'approcha de la sortie, fit une pause : on voyait qu'elle cherchait quelqu'un dans la foule. Elle franchit le portillon. Un homme se détacha et s'approcha d'elle. Ils s'adressèrent quelques mots.

– C'est le moment, déclara l'inspecteur.

– J'y vais en premier, s'exclama Nestor.

– Non ! Reste ici.

Mais Nestor avait déjà filé, se frayant un passage à travers la foule compacte. Il vint se planter devant Mme Lebrun.

– Bonjour madame, lui dit-il avec un grand sourire.

Mme Lebrun et l'homme qui l'accompagnait s'arrêtèrent, manifestement contrariés.

– Qui êtes-vous... que voulez-vous ? demanda-t-elle.

– Je suis le neveu de l'inspecteur Mignard. Vous ne me reconnaissez pas ?

Puis, sans attendre la réponse, il se tourna vers l'homme et, plagiant la célèbre formule de Stanley rencontrant Livingstone, il lui dit :

– Docteur Lebrun, je présume ?

25

Mme Lebrun avait pâli. L'homme se taisait.

– Voyons, dit enfin la femme, vous êtes fou. Vous savez bien que mon pauvre mari est mort… assassiné.

– Alors, il y a bien un fantôme à Saint-Ancel, mais c'est le fantôme du docteur Lebrun ! répliqua Nestor.

L'homme ouvrit la bouche tout en faisant un geste rageur pour écarter le garçon, mais l'inspecteur Mignard s'avançait, menottes en main :

– Docteur Lebrun, je vous arrête pour le meurtre de maître Chirief.

Puis, passant également des menottes à Mme Lebrun :

– Madame Lebrun, je vous arrête pour complicité d'assassinat.

Quelques jours plus tard à Paris, l'inspecteur Mignard était dans le bureau de son patron, avec tout le personnel du service que le commissaire Vrin avait réuni autour d'un pot pour fêter dignement le succès de l'inspecteur.

– Je tiens à féliciter notre cher Mignard, dit-il en levant son verre, qui, dans la plus pure tradition des grands inspecteurs, a su démêler une affaire particulièrement extravagante et embrouillée. Mais je vais lui laisser la parole afin qu'il nous narre en détail les méandres de son enquête…

L'inspecteur, rouge de satisfaction, prit la parole :

– Vous savez que je me suis permis d'inviter mon filleul, le jeune Nestor, et j'aurais préféré qu'il soit là avant de commencer. En effet, étant en vacances chez moi, il a suivi l'affaire d'assez près et... j'avoue qu'il a parfois émis quelques bonnes idées. Peut-être les prémices d'une vocation d'inspecteur !

On frappait à la porte. C'était lui.

– Alors, Nestor, lui lança son parrain qui tenait à montrer son autorité devant ses collègues, et l'exactitude ? Encore ta montre qui retarde ?

– Non, c'est la faute de la météo !

– La météo ?

– La télé avait annoncé beau temps pour ce matin. En conséquence de quoi, mon baromètre devait faire sonner le réveil à sept heures... mais comme le ciel était complètement couvert... il a réglé le réveil sur dix heures !

Dans le bureau, on dévisageait le garçon d'un air interrogateur.

– Oui, expliqua l'inspecteur, mon neveu s'amuse à faire des petites inventions... sa dernière, c'est un baromètre-réveil...

– Étonnant, dit le commissaire. Il nous expliquera ça tout à l'heure. Inspecteur, nous vous écoutons.

– L'affaire commence dix ans plus tôt. Le docteur Lebrun vit en Lorraine. Il rencontre maître Chirief, notaire plus ou moins véreux. Lebrun accepte de lui servir de prête-nom pour l'achat puis la revente d'un superbe château entouré de terres immenses. Cette opération, faite pour le compte d'une secte, les Chevaliers du Moyen Âge, présente bien des irrégularités, mais rapporte une énorme somme d'argent à nos deux compères. Maître Chirief s'arrange pour que seul le docteur Lebrun soit compromis dans l'affaire. Ainsi, à partir de ce moment-là, Chirief peut exercer sur Lebrun une sorte de chantage. L'un et l'autre adhèrent finalement à la secte, non par conviction bien sûr, mais parce qu'ils sentent qu'il y a de l'argent à gagner. Chirief devient bientôt le conseiller du « gourou » et gère l'immense fortune de la secte. Un beau jour, le gourou se tue dans un accident de voiture (mort naturelle ou provoquée par Chirief ? Il n'est plus là pour le dire). La secte est dissoute. Chirief quitte le pays et vient s'établir à Saint-Ancel. Lebrun est persuadé qu'il emporte avec lui le « trésor » de la secte. Les années passent. Lebrun vit apparemment sur un grand pied, mais se débat dans des difficultés financières. Il ne peut oublier Chirief et son trésor, pas plus qu'il ne supporte l'épée de Damoclès que représentent les papiers que possède le notaire et qui pourraient le compromettre un jour ou l'autre. Proche de la retraite, il achète une propriété à Saint-Ancel ; mais, toujours à court d'argent, il ne tarde pas à l'hypothéquer. Il renoue avec Chirief et l'invite fréquemment chez lui ; il a vraisemblablement dès ce moment le projet de l'assassiner... Lebrun est un esprit à la fois méthodique et fou. Il se rend compte de la place que tient la légende de Fonjac dans le pays, et comprend le parti qu'il peut en tirer. Il met au point le scénario délirant qu'il lui faudra exécuter. Il le garde longtemps en lui, non sans en parler à sa femme, un être aussi cynique que lui, et il attend l'occasion propice...

26

– Cette occasion va lui être fournie par la mort d'un clochard alcoolique nommé Léonard. Elle survient à la suite d'une bagarre avec un autre clochard qui, soit dit en passant, sera arrêté, commencera par avouer puis se rétractera ; mais, le docteur Lebrun ayant été mis hors de cause pour ce premier cadavre, il a fini par avouer de nouveau. Il ne risque d'ailleurs pas grand-chose, ayant provoqué la mort sans intention de la donner. Or, ce Léonard sert d'entremetteur entre Mme Lebrun et un certain Ziménoff qui lui fournit de l'opium – oui, de l'opium, car Mme Lebrun a une faiblesse : elle s'adonne à cette drogue.

Murmures étonnés dans l'assistance.

– Ce matin-là, donc, elle a prié son mari d'aller trouver le clochard pour qu'il aille lui-même contacter Ziménoff. Et voilà que le docteur Lebrun trouve Léonard étendu derrière sa cabane, le crâne fracassé sur une pierre. C'est l'occasion qu'il attendait. Il peut mettre en marche son macabre scénario. Il saisit une hache qui traîne par là, en flanque quelques coups dans la figure du clochard défunt, et avec le sang qui coule, trace sur le mur le signe de Fonjac : une hache croisée d'un glaive. (Disons pour la petite histoire que le maire effacera le signe, afin que les Saint-Ancellois ne s'affolent pas, et que Lebrun, repassant par là peu après pour constater l'état des choses, le retracera discrètement.)

Dans le bureau du commissaire, on entendrait une mouche voler.

– Deuxième acte, l'acte principal. Dans le village, on évoque déjà le fantôme de Fonjac. C'est exactement ce que voulait Lebrun. Le lendemain soir, il téléphone à Chirief sous prétexte de lui parler d'une affaire intéressante. Il le fait passer par la porte du fond du jardin de manière à ce que personne ne sache qu'il est venu chez lui. Personne ? Là se situe le premier grain de sable dans les rouages de sa mécanique. La fille de la concierge le verra entrer et nous en avertira. Le couple Lebrun lui sert une boisson mêlée d'un poison foudroyant. Il meurt sur le coup. Les Lebrun traînent le cadavre à la cuisine et mettent leur machination en branle : ils dissimulent leur meurtre en faisant passer le cadavre de Chirief pour celui de Lebrun lui-même. Ils lui passent les habits du docteur, sa montre aussi – ce détail aura son importance, n'est-ce pas Nestor ?

– Oui, bégaya ce dernier en rougissant.

– Puis, sinistre besogne, ils le défigurent à coups de hache. Avec le sang, ils tracent le fameux signe. Ensuite... le couple va tranquillement se coucher. Du moins, je le suppose. À huit heures, Mme Lebrun téléphone à Police secours pour dire que son mari vient d'être assassiné. Le docteur Lebrun se cache. Où ? Dans le seul endroit où personne n'oserait aller le chercher : dans le lit même de sa légitime épouse, dans un creux laissé entre deux matelas étroits préparés à cet usage et recouvert par un drap épais. J'ai fait essayer cette cachette à mon filleul lui-même lors de notre dernière visite à la villa Lebrun.

Petit murmure amusé dans l'assistance.

– Police secours arrive de Guéret avec un médecin qui constate le décès. J'arrive moi-même. Or, et ce point est capital, bien qu'aucun de nous ne connaisse la victime, personne ne songe à s'assurer qu'il s'agit bien du docteur Lebrun, puisque sa femme est à ses côtés, en larmes. Elle a d'ailleurs bien veillé à ce que Mme Garcia, la seule qui aurait pu s'apercevoir du subterfuge, ne voie pas le cadavre. De plus, n'oublions pas qu'il est défiguré et qu'il aura disparu avant d'être autopsié. Pas de traces d'effraction, pas de traces de vol. Le mystère est entier. Les gens peuvent de nouveau parler du fantôme de Fonjac. La journée passe, la nuit arrive, et c'est alors le clou du spectacle : la disparition du cadavre, toutes portes et fenêtres fermées et surveillées.

Ici, l'inspecteur marqua une nouvelle pose, désirant ménager son effet, ce qui permit à son auditoire de se mettre à scander : « La suite, la suite ! ».

L'inspecteur reprit alors le scénario mis à jour par Nestor, remplaçant seulement Ziménoff par le docteur Lebrun ; car à cela près, son filleul avait vu juste.

– Le docteur Lebrun, sortant de la chambre de sa femme en passant par la salle de bains, vient se cacher SOUS LE LIT DU MORT. Comment aurais-je songé à y regarder, alors que Mme Lebrun veillait à côté ? Blachon et moi-même fermons toutes les issues de la chambre. Personne ne peut plus y entrer. Personne ne peut entrer, mais Lebrun, lui, peut en sortir puisque la porte donnant sur la salle de bains est fermée par un verrou intérieur. Aux environs d'une heure du matin, il empoigne le corps, traverse la salle de bains, descend à la remise, et franchit la porte du fond de son jardin. Heureusement, Chirief est un petit maigre ! Dans la rue, il retrouve sa voiture qu'il a pris soin de garer à proximité. Il y enfourne le cadavre et se rend à la maison du notaire. L'opération était risquée, mais il sait qu'à cette heure, le quartier est toujours désert. Il a pris les clés de Chirief, il entre chez lui sans difficulté. Il porte le cadavre dans sa salle de bains, lui remet ses propres vêtements, ce qui n'a pas dû être tâche facile ! Il lui restitue sa montre, mais il se trompe et la boucle sur son bras droit, n'est-ce pas, Nestor ?

– Oui, confirma ce dernier.

– Pourquoi alors met-il le corps de Chirief dans sa baignoire remplie d'eau ? D'une part, pour expliquer qu'il n'y ait pas de sang aux alentours – il est mort depuis plus de vingt-quatre heures – ; d'autre part, pour que l'eau, dans laquelle il le plonge d'abord complètement, lui abîme encore plus le visage, déjà déformé par la hache, et qu'on ne remarque pas la ressemblance avec le premier cadavre. Ce risque existait-il dans l'esprit de Lebrun ? Non, car cette fois, il n'a pas mis le signe de Fonjac sur la porte. Et sachant que Chirief n'avait pas de famille, il comptait bien qu'on ne découvrirait pas son cadavre avant une semaine, le jour où Mme Garcia viendrait, comme chaque lundi, faire le ménage. Le couple serait alors loin. C'est du moins ce qu'ils espéraient.

Dans l'assistance, on s'éponge le front. Le commissaire Vrin débouche une bouteille de champagne.

27

– Dans la salle de bains, Lebrun badigeonne le signe de Fonjac un peu partout, à la peinture cette fois, puisqu'il n'a pas de sang à sa disposition. Arrive alors pour lui le grand moment : celui où il va ouvrir le coffre de Chirief. Il n'y va pas par quatre chemins : un bâton de dynamite. Et c'est le triomphe : sous ses yeux, le trésor de la secte, ou ce qu'il en reste. « Le crime paye », doit-il penser. Car dans le coffre, il trouve assez d'argent liquide – en dollars – et de bijoux pour terminer sa vie de « défunt » en toute tranquillité sous les tropiques. Avec son magot sous le bras, il rentre chez lui pour parfaire le scénario du cadavre emporté à travers les murs par le fantôme. À quatre heures du matin, tout se passe comme il l'a prévu. Il s'est reglissé sous le lit. Hurlements lugubres, intervention de Blachon qui descend me téléphoner : Lebrun peut s'en aller tranquillement par la remise, tandis que sa femme referme le verrou derrière lui. Il prend la route de l'Espagne où il attendra sa femme avant de s'embarquer avec elle pour l'Amérique latine. Par quel moyen va-t-il gagner la frontière ? Tout simplement avec la voiture qu'il a achetée discrètement quelques semaines auparavant. Ainsi, pense-t-il, on retrouvera tout normalement l'ancienne dans son garage. Mais, grâce à la jeune Mercedes et à mon filleul, je serai mis sur la piste de cette deuxième voiture, et grâce à vous, je saurai qu'elle a été aperçue à la douane d'Hendaye... où se rend comme par hasard Mme Lebrun !

– Génial, murmure-t-on dans l'assistance.

– Nous voyons comment les faits se sont déroulés, intervint alors le commissaire. Mais dites-nous, cher Mignard, pourquoi vous en êtes venu à soupçonner Mme Lebrun et, finalement, à découvrir que c'était son mari lui-même, bien vivant, qu'elle allait rejoindre ?

L'inspecteur réfléchit, puis répondit gravement :

– Peut-être parce que le crime était TROP PARFAIT ; et notamment la disparition du cadavre. Vous avez vu juste, monsieur le commissaire, en pensant qu'en expliquant cette disparition, on expliquerait tout le reste. En effet, à moins de croire au fantôme passant à travers les murs, il m'a bien fallu arriver à la conclusion que la disparition du cadavre n'avait été possible qu'avec la complicité d'un habitant de la maison, c'est-à-dire avec la complicité de Mme Lebrun elle-même. Mais DE QUI avait-elle été la complice ? De Ziménoff ? Il avait un alibi irréfutable pour la nuit de la disparition du corps, soit la nuit suivant le crime. De Mme Garcia qui aurait pu avoir un double des clés de la maison de Chirief ? Difficile de trouver un mobile. Qui d'autre ? Mes recherches ne me menaient nulle part ; pas de relations particulières avec qui que ce soit. C'est alors qu'une remarque de mon filleul m'a mis sur la voie de l'impensable.

Mais... je crois qu'il serait juste de le laisser continuer.

– Eh bien, commença Nestor en rougissant, comme on vous l'a dit, j'avais remarqué la montre que portait le soi-disant cadavre-Lebrun...

– Il faut ajouter, coupa l'inspecteur, que Nestor ne fabrique pas seulement des baromètres-réveils ; il est aussi passionné par les montres, qu'il bricole et répare lui-même...

– Donc, j'avais été intrigué par cette montre rectangulaire et très jolie, mais qui ne me paraissait pas bien adaptée au bras du mort ; elle était mal attachée et on voyait sur le bras une trace blanche plus grosse que la montre, et plutôt ronde que rectangulaire. Or, sur le cadavre-Chirief, j'avais remarqué...

– Moi aussi, je l'avais remarqué, crut indispensable de rajouter l'inspecteur.

– Nous avions remarqué, donc, continua Nestor avec un petit sourire en coin, que la montre était à son bras droit : une grosse montre ronde en or, très voyante. Cela m'a fait repenser à celle du cadavre-Lebrun, avec la trace ronde sous la montre rectangulaire. Et plus tard, alors que j'avais moi-même au bras une montre qui m'avait été prêtée, brusquement, je me suis dit... enfin... nous nous sommes dit, mon parrain et moi...

– C'est ça, « nous nous sommes dit », intervint l'inspecteur avec un clin d'œil à son filleul.

– Et s'il n'y avait qu'un seul et unique cadavre, sur lequel on aurait successivement posé les deux montres, en se trompant de bras la deuxième fois...

– Un seul et unique cadavre, celui de Chirief... reprit l'inspecteur. Or, avec le cadavre de Chirief chez Lebrun, et Lebrun comme assassin avec la complicité de sa femme, tout s'expliquait. Vous connaissez la suite...

Les collègues de l'inspecteur se levèrent et applaudirent ; les cris fusaient :

– Vive Mignard ! Vive Nestor !

Le commissaire conclut la séance :

– Je n'ai plus qu'à souhaiter à l'inspecteur Mignard de bien profiter de la semaine de vacances qu'il va enfin pouvoir prendre dans la Creuse.

ÉPILOGUE

L'inspecteur Mignard, ayant replié sa liste type de vacances, s'apprêtait à boucler sa valise lorsqu'une sonnerie retentit. Pas celle du téléphone qu'il avait débranché pour être bien sûr qu'on ne viendrait pas troubler son départ, celle de la porte. On lui remit un télégramme qu'il ouvrit fébrilement. Il lut : « Impossible de vous joindre téléphone. stop. Passer d'urgence P. J. stop. Un troisième cadavre découvert à Saint-Ancel. stop. Commissaire Vrin. »

L'inspecteur poussa un cri de rage, resta un moment immobile, son papier dans la main, puis saisit son imperméable et sortit en faisant claquer sa porte. Il se heurta à Nestor.

– Salut, parrain... tu vas où ?

– À la P. J. ! hurla-t-il, en descendant les escaliers quatre à quatre.

Nestor le rejoignit dans la rue ; il courait derrière lui.

– C'est normal, dit-il essoufflé, finalement, il n'y a eu que deux cadavres à Saint-Ancel ; d'après l'histoire de Fonjac, il en manquait un. Tu m'emmènes, hein ?

– Et la classe ! Tes vacances sont finies.

– Bof... une semaine de plus ou de moins...

– Mais... au fait... comment sais-tu ?

Il s'arrêta et se planta devant son filleul.

– Comment sais-tu ? répéta-t-il.

Nestor le regardait en riant.

– Le télégramme… c'est toi, hein ?

– Tu m'emmènes, dis ? se contenta de redire Nestor.

– Sale gosse ! Enfin, j'aime quand même mieux ça, murmura l'inspecteur, qui ajouta : tes parents ne voudront pas que tu rates encore la classe.

– Si : tu n'auras qu'à leur dire que tu as absolument besoin de moi comme témoin pour clore l'enquête… que tu me feras faire des maths… et que je travaille mieux avec toi qu'en classe.

Soupir de l'inspecteur.

– Alors, d'accord ? Tu comprends, là-bas, ils sont encore en vacances…

– Tu veux dire, « elle » est encore en vacances ! Évidemment, dans ce cas…

COLLECTION

Cascade

CASCADE POLICIER

L'ASSASSIN CRÈVE L'ÉCRAN

Michel Grimaud.

L'ASSASSIN EST UN FANTÔME

François Charles.

LE CADAVRE FAIT LE MORT

Boileau-Narcejac.

CHANTAGE TOUS RISQUES

Pierre Leterrier.

DES CRIMES COMME CI COMME CHAT

Jean-Paul Nozière.

CROISIÈRE EN MEURTRE MAJEUR

Michel Honaker.

DANS LA GUEULE DU LOUP

Boileau-Narcejac.

UNE ÉTRANGE DISPARITION

Boileau-Narcejac.

HARLEM BLUES

Walter Dean Myers.

L'IMPASSE DU CRIME

Jay Bennett.

LE LABYRINTHE DES CAUCHEMARS

Jean Alessandrini.

OMBRES NOIRES POUR NOËL ROUGE

Sarah Cohen-Scali.

PEINTURE AU PISTOLET

Thomas Garly.

SIGNÉ VENDREDI 13

Paul Thiès.

LA SORCIÈRE DE MIDI

Michel Honaker.

LES VOLEURS DE SECRETS

Olivier Lécrivain.

L'AUTEUR

François Charles a d'abord été professeur de philosophie, éducateur auprès de jeunes en difficulté, puis enseignant dans un LEP pour handicapés physiques. C'est dire qu'il connaît bien les jeunes et qu'il les aime. Et c'est pourquoi il a eu envie de les faire vivre dans ses romans, où, avec beaucoup d'humour et de sensibilité, il met en scène les enfants et les adolescents, leurs jeux, leurs codes et leurs rêves.
Il a notamment publié la désopilante *Histoire de Lucien* et *Cyrano junior,* tous deux dans la collection Cascade.

Achevé d'imprimer le 12 M
sur les presses de l'Imprimerie H
N° d'édition : 227
N° d'imprimeur : 60